꽃 보고 우는 까닭

옛 노래에 어린 사랑 풍경

꽃 보고 우는 까닭 —— 옛 노래에 어린 사랑 풍경

2007년 5월 31일 처음 펴냄
2014년 6월 18일 초판 4쇄

지은이 – 류수열
펴낸이 – 신명철
편집장 – 장미희
기획 · 편집 – 장원, 김지윤, 박세중
디자인 – 박지영
펴낸곳 – (주)우리교육
등록 – 제 10-796호
주소 – (121-841) 서울특별시 마포구 월드컵북로 43(서교동)
대표 전화 – 02-3142-6770
팩스 – 02-3142-6772
홈페이지 – www.uriedu.co.kr
이메일 – urieditor@uriedu.co.kr
출력 – 한국커뮤니케이션
인쇄 제본 – 미르인쇄

ISBN 978-89-8040-924-2 03810

이 도서의 국립중앙도서관 출판시도서목록(CIP)은
e-CIP 홈페이지 (http://www.nl.go.kr/cip.php)에서 이용하실 수 있습니다.
(CIP 제어 번호 : CIP2007001570)

꽃 보고 우는 까닭

옛 노래에 어린 사랑 풍경

류수열 지음

우리교육

차례

프롤로그

다르고도 같은 옛날 사랑과 요즘 사랑

누군가는 사랑이라는 말과 연애라는 말을 구별하더군요. 사랑이란 말에는 플라토닉한 느낌이 있다 그러고, 연애라는 말에는 실존적이고 육체적인 느낌이 있다 그러네요. 이런 구별이 맞는지는 모르겠습니다만, 옛사람들의 정사(情事)라고 해서 실존적이고 육체적인 부피감이 없는 것은 아니겠지요.

물론 우리의 어감으로는 어쩐지 옛사람들의 정사는 연애라는 말보다는 사랑이라는 말이 더 어울릴 듯합니다. 확실히 사랑이란 말은 연애라는 말에 비해 개념의 폭이 넓습니다. 국가에 대한 사랑, 가족에 대한 사랑, 신에 대한 사랑은 성립되지만, 여기에 연애라는 말을 대입할 수는 없는 노릇이지요. 연애는 그러니까 남녀간에 소통되는 열정적인 기류를 뜻하는 말로만 쓰이는 것입니다.

연애라는 말은 또한 20세기에 들어와서야 쓰이기 시작했다고 하더군요. 사랑은 원래 한자어로 '애(愛)'였는데, 여기에 남녀 간의 사랑을 겨냥하는 한자어 '연(戀)'이 결합되어 만들어진 신조어였던 셈이지요. 이 말이 신조어였다고 해서, 남녀 간의 열정적인 사랑마저 20세기에 들어와서야 처음 나타난 현상이란 뜻은 아닐

터. 다만 이전과는 다른 새로운 방식의 사랑법을 나타내고자 만들어진 말이라 하겠습니다. 그것은 만남의 공간이 다르고 열정을 표현하는 방식이 다르며, 그 사람에 대한 친밀감을 실현하는 방식도 다르다는 뜻이었겠지요. 물론 책임감을 지속시키는 태도에서도 차이가 있었습니다.

여기에서 말한 열정(passion), 친밀감(intimacy), 책임감(commitment)을 사랑의 세 가지 구성 요소로 삼고 '사랑의 삼각 이론'을 만든 사람은 로버트 스턴버그란 심리학자입니다. 그는 근대와 근대 이전의 사랑을 구별하면서 사랑의 이론을 제창했습니다. 그는 열정, 친밀감, 책임감의 세 요소가 꼭짓점이 되어 이루는 사랑의 삼각형에서, 이 세 꼭짓점이 무게중심에서 균형 상태를 이룰 때 완전한 사랑이 가능하다고 보았습니다.

사랑의 초보적인 형태는 이 요소 중 하나만 있는 상태. 열정만 있는 상태는 매혹, 친밀감만 있는 상태는 호감, 책임감만 있는 상태는 공허한 사랑. 이 요소들 중 둘의 결합은 좀 더 진화된 사랑을 만든다고 해야겠지요. 친밀감과 책임감만 있는 사랑은 우애, 열정과 책임감만 있으면 육체적 사랑, 열정과 친밀감만 있으면 낭만적 사랑입니다.

물론 이 '이론'은 기본적으로 근대 자본주의 사회의 핵가족을 공고하게 유지하기 위한 조건을 규정한 것입니다. 그러니까 우리의 관심사인 옛사람들의 사랑을 보는 인식의 틀로서는 적절하지 않을 수 있습니다.

이처럼 사랑의 실체를 시대사적으로 보려고 하는 사람들은, 연애가 근대에 들어와서 탄생한 개념이라 말합니다. 연애가 성립되기 위해서는 만남이 있어야 하고, 만남이 있기 위해서는 여성이 나올 수 있는 집 바깥의 공간, 이를테면 학교나 교회가 있었어야 한다는 것이 그 근거입니다.

사랑에도 시대사적 지층들이 존재하고 있다고 보는 것은 사랑에 대한 사회학적 시선입니다. 근대와 전근대 사이에 지층이 있다면, 거기에 확연한 시대적 경계선을 긋고 그 차이에 집중하는 것도 의미는 있겠습니다.

그러나 또 사랑이 인간 보편의 성정이라면 차이를 무시하고 보는 것도 무방하리라 믿습니다. 옛사람들의 사랑이라고 해서 이런 요소들이 없지는 않았을 터. 그들도 우리처럼 사랑하고 헤어지고 또 사랑하며 살았을 테지요.

우리가 학교에서, 교회에서, 또 어느 공간에선가 가슴에 스며오는 사람을 만난다면, 그들은 우물가에서, 그네 뛰는 자리에서, 또는 그 어느 곳에선가 그런 사람을 만났습니다. 우리가 역에서, 터미널에서, 혹은 공항에서 헤어진다면, 그들은 강물을 경계로 갈라서고 높은 언덕에서 손을 흔들며 헤어졌습니다. 만남과 이별의 공간은 다를지라도 그들도 우리처럼 가슴 설레며 만나고 헤어짐에 아쉬워하며, 언젠가 다가올 재회의 순간을 기다리며 망상에 빠졌습니다.

무턱대고 그들의 사랑과 우리의 사랑을 같은 궤적에 올려 두고 이야기를 풀어 본 것은 이런 이유 때문이었습니다. 혹 거기에 시대사적 지층을 고려하지 않았다고 한다면, 그것은 정확한 지적입니다. 그러나 반드시 시대사적 지층을 고려해야 한다고 한다면, 그것은 또한 하나의 도그마입니다. 시대를 불문하고 사랑에는 삶의 다양한 모습이 압축되어 있기 때문입니다.

몇 편 되지 않은 사랑 노래를 두고 지나치게 에둘러 풀이하고 부풀려 해석한 것은 아닐까 하는 의구심이 없지 않습니다. 그래도 이 글을 세상으로 내보내는 것은 우리의 조상들이 살아가면서 누렸던 사랑에 대한 태도와 그것을 언어로 풀어냈던 방식, 거기에 깔려 있는 삶과 사랑에 대한 관점 등을 경험해 보기를 바랐기 때문입니다.

이 글을 쓰는 데 많은 분들이 도움을 주셨습니다. 무엇보다 이런저런 지면으로 옛사람들의 사랑 노래를 소개해 주신 분들의 부지런한 작업이 큰 도움이 되었습니다. 제대로 익지도 않은 글을 홈페이지에 올리도록 공간을 할애해 준 우리교육의 배려와, 그 글을 읽으면서 관심을 보여 주신 네티즌들의 호응도 잊지 못하겠습니다. 어설픈 글을 예쁘게 장식해 준 우리교육의 편집진에게도 깊이 감사드립니다.

2007년 5월 류수열

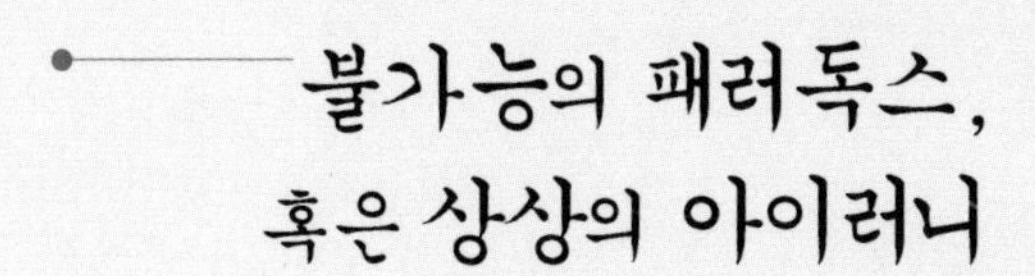
불가능의 패러독스,
혹은 상상의 아이러니

우리가 가끔씩 듣기도 하고 부르기도 하는 애국가는 이렇게 시작됩니다.

"동해물과 백두산이 마르고 닳도록 하느님이 보우하사 우리나라 만세"

어떤 이는 동해물이 마르고 백두산이 닳는다는 표현이 부정적인 분위기를 형성한다고 하여 트집을 잡기도 합니다. 그러나 이는 아주 단순한 반응이라고 봅니다. 동해물이 말라 없어지고 백두산이 닳아 없어지기 위해서는 거의 억만 겁의 세월이 필요할 것입니다. 지구가 다른 별과 충돌하는 것과 같은 우주적인 규모의 천재지변이 없는 한 말이지요. 그러니까 이 노랫말은 하느님이 '영원히 영원히' 우리나라를 지키고 도와주실 거라는 소망을 담고 있는 표현입니다. 그러니까 트집 잡힐 이유가 없는 표현입니다.

영원하다는 것은 시간의 흐름에 구애를 받지 않는다는 뜻입니다. 인간의 생명은 유한하고, 삶도 유한합니다. 그래서 인류는 그 유한성을 극복하기 위해 무척이나 애를 많이 썼습니다.

종교는 유한한 인생을 초월해 보고자 하는 가장 지속적인 시도였을 것입니다. 종교에 따라 다소간의 차이는 있겠지만, 현재의 생을 전체 삶의 일부로 생각하고, 종국에는 인간의 삶을 주관하는 신적인 존재에게로 돌아간다고 봅니다. 이것이 모든 종교의 기본적인 원리인 셈이지요. 그러니까 내세의 삶은 현세적 삶의 연장이라고 보는 것입니다.

문학에서는 이러한 시도가 상상력을 통해 이루어집니다. 상상이란 기본적으로 없는 것을 있는 것처럼 그려 내는 일을 뜻합니다. 그래서 환상, 몽상, 공상 등과도 상통하는 뜻을 품고 있기도 합니다. 어떤 일이 현실에서 실현될 수 없을 때, 우리는 그것을 상상 속에서 그려 내고는 합니다. 그래서 능력이 유한한 우리 인간의 욕망은 대부분 상상 속에서만 실현된다고 볼 수 있습니다. 현실에서 실현될 수 있는 욕망은 그다지 많지 않기 때문입니다.

영원한 사랑을 꿈꾸다

영원한 사랑은 인간의 욕망 중에서 가장 원초적이고 근원적인 것입니다. 이는 사랑이 동서양을 막론하고, 또 고금을 통틀어 가장 많은 문학의 소재가 되었던 이유이기도 하지요. 심지어

근엄하기 짝이 없는 철학자들도 웬만하면 한마디씩은 사랑에 대한 단상을 드러내고 있습니다.

우리의 옛 노래에서는 영원한 사랑에 대한 지향을 어떻게 표현하고 있을까요? 결론부터 미리 말하자면, 거기에는 상상과 과장이 한데 버무려지고, 패러독스(역설)와 아이러니(반어)가 뒤섞여 있습니다.

> 저 건너 거머무투름한 바위 정(釘)으로 깨두드려 내어
> 털 돋치고 뿔 박아서 검은 암소 흥성드뭇 걸어 가게 만들리라
> 두었다가 우리 임 날 이별하고 가실 제 거꾸로 태워 보내리라.
>
> [사설시조]

'정'은 바위를 깰 때 쓰는 쇠붙이입니다. 그런 정으로 바위를 깨서 암소를 만들고, 임이 자신을 떠날 때 바로 그 암소에 거꾸로 태워 보내겠다는 의지가 뚜렷합니다. 그러나 그런 일은 일어나지 않겠지요. 임과 이별하기 위해서는 일차적으로 바위로 만든 암소가 존재해야만 합니다. 그러나 그런 전제 자체가 인간으로서는 철저하게 불가능한 일입니다. 그러니 임과의 이별도 있을 수 없는 일이라는 논리, 다시 말해 자신과 임의 사랑은 영원하다는 논리가 성립되는 셈입니다.

이것은 영원한 사랑을 갈구하는 발상의 한 전형입니다. 약간

어려운 말로 하면, 유한한 인생 속에서 영원을 꿈꾸는 옛사람들의 시간 의식이라고나 할까요. 상상도 이쯤 되면 가히 몽상 수준이지요.

벽에다 그린 까치 너 난 지 몇 천 년인가
우리의 사랑을 아느냐 모르느냐
아마도 너 날아갈 제면 함께 갈까 하노라.

[시조]

바람 불어 쓰러진 산 있으며 눈비 맞아 썩은 돌 있느냐
눈정에 걸린 임이 싫어지는 걸 어디 보았느냐
돌 썩고 산 쓰러지면 이별인 줄 알리라.

[시조]

이 시에서는 '눈정' 이라는 말이 눈에 확 다가옵니다. 오늘날에는 거의 쓰이지 않는 말이지요. 스킨십을 통해 증폭되는 친밀감이 아니라, 서로 쳐다만 보는데도 좋아지는 사랑, 아마 '눈정' 이라는 말은 그런 뜻이 아닐까 싶습니다.

벽에다 그린 까치가 날갯짓을 할 리 없습니다. 또 바람에 산이 쓰러질 리 없고, 눈비에 돌이 썩을 리도 없습니다. 시의 화자들은 자기네들의 사랑이 끝나지 않는 것도 이와 같은 이치라고

우깁니다. 정말로 그들은 우격다짐으로 우기고 있습니다. 절대로 실현될 수 없는 일을 마치 눈으로 목격하고 있는 듯이 강변합니다. 그러나 그것은 충분히 공감할 수 있는 우격다짐입니다. 혹 지금 황홀한 사랑에 빠진 사람이라면 일부러라도 공감하고 싶은 우격다짐이겠지요. 좋은 일이든 나쁜 일이든 그에 대한 자신의 감정을 드러내기에는 이 같은 과장이 효과적이기 때문입니다. 하물며 사랑으로 맺어진 인연의 끈을 한없이 늘이는 과장이라면 공감의 폭은 더없이 넓어지겠지요.

이와 같은 발상은 조선조의 시조나 가사는 물론이고 고려 시대의 노래에서도 발견되는 것으로 봐서, 꽤나 오랜 연원을 가지고 있는 듯합니다. 그것을 가장 전형적으로 보여 주는 노래는 아래에 소개하는 〈정석가〉입니다. 단 도입부인 1연과 결미부인 6연은 제외했습니다.

사각사각 모래 벼랑에
구운 밤 다섯 되를 심습니다
그 밤이 움이 돋아 싹이 나야
유덕하신 임과 이별할지어다.

옥으로 연꽃을 새깁니다
바위 위에 심습니다

그 꽃이 세 다발 피어나야
유덕하신 임과 이별할지어다.

무쇠로 철갑을 만들어
철사로 주름을 박습니다
그 옷이 다 헐어야
유덕하신 임과 이별할지어다.

무쇠로 황소를 만들어
철나무 산에 놓습니다
그 소가 철풀을 먹어야
유덕하신 임과 이별할지어다.

- 〈정석가〉 [고려가요]

이 노래를 제대로 이해하기 위해서는 약간의 배경 지식이 필요하겠네요. 〈정석가〉는 다른 고려가요처럼 궁중에서 연행된 노래입니다. 이런 조건을 고려하면, 이 노래에 등장하는 '임'은 임금을 지칭한다고 봐야겠지요. 그래서 이 작품은 임금의 만수무강을 찬송하는 노래로 볼 수 있습니다.

그런데 고려가요에 속하는 노래들은 원래 민간에서 부른 민요였다고 하네요. 민요가 궁중음악으로 신분 상승을 한 셈이지요. 그렇게 보면 여기에 나오는 '임'을 사랑하는 사람으로 보아도 무방하지요. 민요라고 해서 임금을 찬송하지 말라는 법은 없지만, 아무래도 민요의 '임'은 내 곁에 있는 사랑하는 이성이 어울리겠지요.

배경 설명이 좀 길었습니다. 아무튼 이 노래는 시종 불가능의 패러독스와 상상의 아이러니로 일관하고 있음을 쉽게 알 수 있습니다. 모래에서 밤나무가 자랄 리 없고, 더욱이 군밤에서 싹이 날 리 없습니다. 바위에 연꽃이 자랄 리 없고, 옥으로 새긴 연꽃이 세 다발이나 필 리는 더더욱 없습니다. 무쇠로 만든 철갑에 철사로 바느질이 될 리 없고, 철갑이 다 헐 리는 더더욱 없습니다. 무쇠로 만든 황소를 철나무 산에 풀어 놓을 수 없고, 그 소가 철로 된 풀을 먹을 수는 더더욱 없습니다.

이처럼 이 노래는 이중의 불가능을 전제로 이별을 예고하고 있습니다. 자체적으로 모순을 안고 있는 표현이라는 점에서 패러독스이고, 이별할 수 없다는 뜻을 거꾸로 드러낸다는 점에서 아이러니라 할 수 있겠지요. 〈정석가〉는 이런 표현을 가장 전형적으로 드러내 주기 때문에, 이러한 표현들을 일러 '정석가식 표현'이라고도 합니다.

그런데 정작 중요한 것은 패러독스니 아이러니니 하는 개념이 아니라, 그런 발상이 지닌 폭넓은 공감대의 비결입니다. 누구나 지금 사랑에 빠진 사람이라면 그것이 앞으로도 영원하기를 바랄 것이고, 사랑에 실패한 사람은 사랑의 종말을 한없이 아쉬워하겠지요. 그러니까 모든 사람들은 영원한 사랑을 갈구하는 셈이지요. 여기에 공감의 비결이 있는 것입니다. 그러나 또 하나 중요한 사실은, 이 같은 발상이 사랑이 결코 영원할 수 없다는 인식을 바탕에 깔고 있다는 점입니다. 영원할 수 없음을 알기에 영원을 추구하는 것이지요. 영원할 수 있다면 굳이 영원을 추구할 필요가 없었겠지요. 누구나 영원한 사랑을 바라지만, 그것은 뜻대로 되지 않습니다. 사랑하지 않으려고 해도 뜻대로 되지 않는 것과 마찬가지로 말입니다. 이런 점에서 영원에 대한 갈구와 인생의 유한함에 대한 비극적 인식은 동전의 양면과 같습니다.

영원한 이별을 예감하다

재미있는 사실은, 이별한 임과 영원히 재회할 수 없음을 한탄할 때도 이 표현이 쓰일 수 있다는 점입니다. 영원한 사랑에 들떠 있는 사람의 황홀을 드러낼 때 쓰이는 표현이 영원한 이별을 한탄할 때도 쓰이는 것부터가 또 하나의 역설입니다. 그런 민요를 한 편 보기로 하지요.

임아 임아 우리 임아 이제 가면 언제 올지
병풍에 그린 닭이 꼬꼬 울면 다시 올래
옹솥에 삶은 밤이 싹이 나면 다시 올래
고목나무 새싹 돋아 꽃이 피면 다시 올래.

임아 임아 우리 임아 병자년 보리 숭년에
잔 엿가래 굵은 엿가래 사다 주던 우리 임아
어데 가서 올 줄도 모르는고 용 가는 데 구름 가고
비 가는 데 바람 가고 임 가는 데 나는 가오.

[민요]

이 노래에서 말하고 있는 이별이 생이별인지 사별인지는 알 수 없습니다. 그러나 화자는 그 이별이 결코 짧지 않을 것임을 감지하고 있는 듯합니다. 그렇지 않다면 병풍에 그린 닭이 울고, 삶은 밤에서 싹이 나고, 고목나무에서 꽃이 피어난다는 불가능의 수사법을 구사하지는 않았을 것입니다. 이런 표현이 민요에서 나타난다는 점에서, 불가능의 패러독스 혹은 상상의 아이러니는 연원만 오래되었을 뿐 아니라 보편성도 지니고 있음을 알 수 있습니다. 속담에서도 흔하게 발견된다는 사실은 그 보편성을 증명하고 있습니다.

아래에 몇 개의 속담을 소개합니다. 이제 여러분이 나중에 사랑을 고백할 때, 혹은 이별을 한탄할 때 이러한 표현을 응용할 수 있기를 바랍니다.

- 까마귀 대가리 희거든
- 밑 빠진 동이에 물 고이거든
- 가마에 삶은 개가 멍멍 짖거든
- 용마 갈기 사이에 뿔이 나거든
- 간장이 쉬고 소금이 곰팡 난다
- 볶은 콩에 싹이 날까

꽃 보고 우는 까닭

"청소를 하고 난 뒤에 한 사람은 얼굴이 더러워졌고 다른 사람은 그렇지 않다면, 어떤 사람이 세수를 하게 될 것인가?"

유대인들의 지혜를 모아 놓은 《탈무드》라는 책에 나오는 질문입니다. 정답은 얼굴이 더러워지지 않은 사람이라고 합니다. 얼굴이 새까만 사람은 그렇지 않은 사람을 보고 자신도 괜찮을 것이라고 판단하겠지만, 얼굴이 더럽혀지지 않은 사람은 상대방을 보고 자신도 새까매졌을 것이라 판단하게 된다는 것이 그 이유입니다. 두 사람은 서로에게 일종의 거울이 되어 준 셈이지요. 남의 모습에서 자신을 발견하는 발상을 보여 주고 있는 이야기입니다.

너를 보면 내가 보인다

그런데 이런 발상은 아마도 인간의 본성에 바탕을 두고 있는 듯합니다. 아들을 군대에 보낸 어머니는 맛있는 음식을 앞에 두고 있을 때 그 아들을 그리워하게 된다고 합니다. 세상이 조화롭고 충만해 있는 느낌을 받을 때, 인간은 자기 자신의 결핍을 체감하게 되는 것이지요.

이를 가장 적절히 보여 주는 것은 근대시의 효시로 알려진 다음 작품이 아닐까 합니다.

> 아아 날이 저문다, 서편 하늘에, 외로운 강물 위에, 스러져 가는 분홍빛 놀…… 아아 해가 저물면 날마다, 살구나무 그늘에 혼자 우는 밤이 또 오건마는, 오늘은 사월이라 파일날 큰길을 물밀어 가는 사람 소리는 듣기만 하여도 흥성스러운 것을 왜 나만 혼자 가슴에 눈물을 참을 수 없는고? 〔중략〕 아아 꺾어서 시들지 않는 꽃도 없건마는, 가신 임 생각에 살아도 죽은 이 마음이야, 에라, 모르겠다, 저 불길로 이 가슴 태워 버릴까, 이 설움 살라 버릴까. 어제도 아픈 발 끌면서 무덤에 가 보았더니 겨울에는 말랐던 꽃이 어느덧 피었더라마는, 사랑의 봄은 또다시 안 돌아오는가, 〔하략〕
>
> - 주요한, 〈불놀이〉

이 시에서 시인은 외롭습니다. 임이 곁에 없기 때문이지요. 대신 세상은 조화롭고 충만한 곳으로 설정되어 있습니다. 두 가지 점에서 그러하지요. 첫째는 사월 초파일을 맞아 "큰길을 물밀어 가는" 사람들 소리가 흥성스럽다고 했습니다. 문맥으로 미루어 알 수 있겠지만 '흥성스럽다'는 것은 '떠들썩하고 활기차다'는 뜻이지요. 그러니까 떠들썩하고 활기찬 세상과 풀이 죽어 침묵을 지키는 자아가 대비되는 것이지요. 둘째는 겨울에 말랐던 꽃도 봄이 되니 활짝 피었다고 했습니다. 그러니까 여기에서도 봄을 맞아 봉오리를 활짝 펼친 꽃과 여전히 무덤에 묻혀 있는 임이 선명한 대비를 이루고 있습니다.

위의 시에서도 우리는 굴뚝 청소를 마친 두 사람이 상대방에게서 자신을 발견하는 발상법을 확인해 볼 수 있습니다. 물론 차이는 있습니다. 이 두 사람은 자기 자신을 상대방과 동일시하는 방향으로 자신들의 인식을 작동시킨 반면에, 〈불놀이〉의 시인은 자신과 세상을 대비시키는 방향으로 인식을 했다는 점에서 차이가 있습니다. 그럼에도 불구하고 자신을 둘러싼 세계의 환경으로부터 자신의 현재를 인식하는 발상은 동일합니다.

앞에서 이런 식의 발상이 인간의 본성에 바탕을 두고 있다고 했습니다만, 그것을 입증해 주는 하나의 증거는 아주 옛날부터 이어져 온 생명력입니다. 그 대표적인 사례가 〈관등가〉라는 가사 작품입니다. 〈관등가〉는 초파일에 여러 가지 모양의 등불을 만들어 다는 '관등(觀燈)'이라는 놀이를 소재로 삼은 작품입니다.

정월 대보름에

달과 노는 소년들은 답교(踏橋)하고 노니는데

우리 임은 어디 가고 답교할 줄 모르는고.

이월 청명일에

나무마다 봄기운 들고 잔디잔디 속잎 나니 만물은 화락한데

우리 임은 어디 가고 봄기운 든 줄 모르는고. [하략]

- 〈관등가〉 [가사]

노래가 너무 길어 앞부분만 적었습니다만, 정월 대보름, 이월 청명일, 삼월 삼진날, 사월 초파일, 오월 단오일을 동원하여 임의 부재를 탄식하고 있습니다. 이런 세시 풍속들은 주요한의 〈불놀이〉에 나온 구절을 인용하자면, "사람 소리"를 "듣기만 하여도 흥성스러운" 잔칫날들입니다. 임의 부재가 절절하게 느껴지는 때가 왜 하필 다른 사람들이 즐거운 날이었을까 하고 생각해 본다면, 이 역시 인간의 본성에서 답을 찾을 수밖에 없을 듯합니다. 발상이 너무나 유사해서 주요한 시인이 〈불놀이〉를 지을 때 이 노래를 참조하지 않았을까 하고 추정도 해 봅니다.

또 하나의 증거가 되는 것은 〈황조가〉입니다. 이 노래는 우리 시문학사의 첫 페이지를 차지하고 있을 정도로 연원이 오래되었습니다. 과장을 조금 섞으면, 인류가 이 세상에 발을 딛고 살기 시작할 때부터 인간은 자신을 둘러싼 세계를 보면서 자신의

모습을 느끼고 깨닫고 알아 갔다는 것입니다.

펄펄 나는 저 꾀꼬리

암수 서로 정다워라

외로워라, 이내 몸은

뉘와 함께 돌아갈꼬.

- 유리왕, 〈황조가〉 [고대가요]

이 노래는 고구려 유리왕이 지은 것으로 기록되어 있습니다. 우리에게 주몽으로 더 잘 알려져 있는 동명왕, 그의 아들이 바로 유리왕이지요. 유리왕이 이 노래를 짓게 된 배경은 대략 이렇습니다.

유리왕은 왕비가 죽은 뒤 두 명의 계실(繼室 : '후실(後室)'과 같은 말로, '후처'라는 뜻)을 두게 됩니다. 골천 지방 출신의 '화희'와 한나라 출신의 '치희'가 그들. 둘은 서로 왕의 총애를 다투었다고 합니다. 그러다가 왕이 멀리 사냥을 가서 자리를 비운 사이, 화희에게 모욕을 당한 치희가 자기 나라로 떠납니다. 왕이 돌아와서 이 소식을 듣고는 뒤쫓아 갔으나, 치희는 노여움을 풀지 않았고 그래서 끝내 돌아오지 않았지요. 돌아오는 길, 왕이 나무 아래에서 쉬고 있는데 꾀꼬리[황조(黃鳥)] 한 쌍이 날아들었습니다. 아시다시피 꾀꼬리는 부부간 금실이 좋기로 유명하지요. 유리왕이 그 광경을 보고 읊은 노래가 바로 이것이었습니다. 꾀꼬리 한 쌍이 유리왕의 외로움을 자극한 셈이지요.

사랑하는 여인을 잃은 남자로서 정답게 노니는 한 쌍의 꾀꼬리를 보고 감회에 잠기지 않을 수 없었겠지요. 그것은 마치 한 어머니가 맛있는 음식을 앞에 두고 군대에 간 아들을 그리워하는 이치와 같습니다. 그러고 보면 인간은 이렇게 모순으로 가득 찬 역설적인 존재라는 생각이 듭니다. 세상이 조화롭고 풍요로울수록 자신에게 없는 것, 자신에게 모자라는 것을 생각해 낸다는 것은 분명 역설이지요.

다음 노래 역시 꾀꼬리 때문에 임 생각에 빠지는 사람의 목소리가 담겨 있습니다.

사월을 아니 잊어 오는구나, 꾀꼬리 새여
무슨 일로 우리 임은 나를 잊었는가.

- 〈동동〉 [고려가요]

임이 언제 시적 화자의 곁을 떠났는지 알 수 없습니다만, 작년 4월쯤에 떠난 것으로 일단 추정을 하도록 합시다. 4월이 다시 돌아오니 작년에 떠나간 꾀꼬리도 다시 돌아왔는데, 여전히 우리 임은 내 곁에 없다는 뜻이지요. 혹은 4월에 꾀꼬리가 돌아오는 것이 자연사의 이치로 당연한 일인 것처럼, 임이 내 곁에 있는 것도 당연한 일인데, 어찌하여 그 당연한 일이 나에게만은 예외가 되는가 하는 뜻일 수도 있겠지요.

그런데 만일 이 노래의 첫 행이 없었다면, 이것은 짧은 탄식 이상은 아니었을 것입니다. 꾀꼬리의 귀환과 우리 임의 불귀(不歸)가 대비를 이루면서 이 노래는 시적 긴장을 확보할 수 있었던 것이지요.

반면 보기는 충동이다

그러나 이보다 더 중요한 것은, 시적 화자가 꾀꼬리의 귀환을 보고서야 자신의 외로운 처지를 절절히 깨닫게 된다는 데 있습니다. 더욱이 계절적 배경은 바야흐로 봄입니다. 봄이라는 계절에 대해 우리가 가지고 있는 일반적인 이미지는 어떻습니까? 생명의 활기, 새로운 출발, 밝고 화려한 색채감 등등 대체로는 생기와 광명과 희망의 이미지로 점철되어 있지 않습니까? 이런 환경이 임의 부재를 일깨워 주는 자극으로 작용하고 있다는 것은 대단한 역설입니다.

불면의 고통을 읊었던 노래를 살피면서 만나게 될 〈만전춘별사〉의 2연도 다를 바 없습니다. 도화는 시름이 없어 봄바람에 웃고 있는데 근심에 쌓인 나에겐 잠이 오지 않는다는 단순한 진술에 우리가 공감할 수 있는 것은, 바로 이런 역설적 상황을 형상화했기 때문입니다.

이제 다시 이를 확인하는 의미에서 유사한 발상을 담고 있는 노래 두 편을 보겠습니다.

꽃 보고 춤추는 나비와 나비 보고 당싯 웃는 꽃과
저 둘의 사랑은 때마다 오건마는
어이해 우리의 사랑은 가고 아니 오느니.

[시조]

한식(寒食) 비 온 밤에 봄빛이 다 퍼졌다
무정한 화류(花柳)도 때를 알아 피었거늘
어찌타 우리 임은 가고 아니 오시는고.

- 신흠 [시조]

앞의 노래에서는 꽃과 나비가 어울린 세계와 임이 부재한 자아가 선연한 모순을 이루고 있습니다. 달리 말해 충족과 결핍의 대비이지요. 또 여기에 연속성과 일회성의 대비도 중첩되어 드러나고 있습니다. 때마다 오기에 연속이고, 한 번 가고 아니 오므로 일회인 셈이지요. 뒤의 노래에서도 한식이 지난 봄철에 피어 있는 화류(꽃과 버들)가 임의 부재와 대비되어 있음은 마찬가지입니다.

앞에서 거듭 말한 대로, 이런 대비는 매우 역설적입니다. 문면상으로 시적 화자가 자신의 결핍을 깨닫는 계기가 바로 충족된 세계이기 때문이지요. 달리 보면, 처음부터 임의 부재로 인해 외로웠던 것이 아니라, 꽃과 나비가 서로 마주 보고 웃고 춤추는 광경을 접하는 순간에, 혹은 비가 내린 다음 날 피어 있는 화류를 본 순간에 임의 부재가 확인되고 이로 인해 외로워진 것입니다.

이런 식의 발상을 우리는 어려운 말로 '반면 충동(反面衝動)'이라 할 수 있겠지요. 쉬운 말로 풀어 '거울 보기 효과'라 해도 무방하겠네요. 거울은 우리의 모습을 비추되, 항상 거꾸로 비추니까 말입니다. 우리가 여기에 관심을 기울이게 되는 것은 이것이 아득한 옛날 처음으로 생겨난 노래에서부터 줄기차게 이어져 온 발상이기 때문입니다. 장르와 시대를 불문하고 매우 보편적으로 나타나고 있는 것입니다.

그것은 이런 발상이 단순히 말을 효과적으로 꾸미기 위한 하나의 수사법이 아님을 말해 줍니다. 그렇다면 그것은 인간의 보편적 삶의 원리이기 때문에 가능했을 것이라 추정해 볼 만합니다. 인간은 본래부터 역설적인 존재이며, 시란 혹은 노래란 바로 그런 역설적 상황을 그려 낼 따름입니다.

새 울고
나 울고
하늘도 울고

앞에서 우리는 반면 충동적 발상을 씨앗으로 삼고 있는 노래들을 살펴보았습니다. 반면 충동이란 조화롭고 충족된 세계 앞에서 무엇인가 결핍된 자아를 깨닫는 발상이라고 했습니다. 세계와 자아가 선연하게 대비되는 그림입니다.

그런데 세계와 자아의 관계가 이와 정반대 구도를 지닌 노래들도 숱하게 발견됩니다. 무엇인가 결핍된 자아에게 세계가 공감이라도 하는 듯한 구도입니다. 이를 가장 선명하게 보여 주는 한 무리의 노래가 있으니, 그것은 불면의 밤에 울고 있는 새가 등장하는 노래들입니다.

밤에 우는 새가 그다지 많지는 않습니다만, 옛날 노래에서는 접동새가 자주 등장합니다. 접동새는 두견이라는 이름으로도 나오고 소쩍새라는 이름으로도 나옵니다. 옛날 시인들도 이들을 구별하지 않고 같은 새로 보았던 것 같습니다. 다만 조류학적 설명으로는 접동새가 두견이가 아니라 소쩍새라고 하는군요. 소쩍새는 밤에만 울고 두견이는 밤낮으로 우는 차이가 있다고 하네요.

새가 울면 나도 울어

그러나 시에서는 자연물들을 관습적으로 형상화하는 경향이 있기 때문에 이런 차이는 그다지 중요한 문제가 아닌 듯합니다. 시인에게는 잠을 이루지 못하는 밤에 새가 울고 있는 것만이 중요한 문제였던 것이지요.

접동새는 불면 모티프를 지니고 있는 고려가요, 시조, 한시, 민요 등 거의 모든 갈래에서 발견됩니다. 먼저 고려가요 한 편을 보겠습니다.

내 임이 그리워 우니다니
산 접동새 비슷합니다
아니시며 거짓인 줄을
잔월효성(殘月曉星)이 알으시리이다
넋이라도 임과 함께 지내리라
어기신 이가 뉘러십니까. (하략)

- 정서, 〈정과정〉 [고려가요]

이 노래의 고어 표기는 풀이가 어려워서 뜻을 제대로 이해하기가 쉽지 않습니다만, 대충 이런 식으로 풀이하면 큰 오류가 없을 줄 압니다. 그나마도 이 노래에 대한 이해를 돕는 것은 이 노래와 관련된 기록입니다. 정서라는 사람은 고려 시대 인종 임금의 총애를 받았습니다. 의종이 즉위하면서 신하들의 공론을 이기지 못해 동래로 피신을 갑니다. 대신 조만간 다시 부르겠다는 약속을 받습니다. 그러나 그 약속을 잊었는지 임금에게서 기별은 오지 않습니다. 이에 약간의 원망을 섞어 부른 것이 위의 노래라고 합니다.

다른 사람들이 자신에 대해 말한 것이 거짓이라 하는 것으로 보아 억울함을 호소하고 있는 듯합니다. 그런데 그 억울함을 호소하는 이 장면에서 정작 시인이 불러들인 것은 접동새입니다. 접동새와 자신의 닮은 점은 아마도 밤늦도록 잠을 이루지 못하고 있다는 것이겠지요. 그것도 단순한 불면이 아니라 임을 그리워하며 울고 있다는 점입니다. "잔월"과 "효성"이 그 불면의 시간이 얼마나 깊은지를 말해 줍니다. "잔월"이란 '날이 샐 때까지 남아 있어서 거의 빛이 없어진 달', 즉 거의 넘어가게 된 달을 말하고, "효성"이란 말 그대로 '샛별'이라는 뜻이니, 시인은 뜬눈으로 밤을 통째로 샌 셈이지요. 이 노래에서도 우리는 시인과 같은 처지에 놓인 접동새가 밤을 새워 우니는 장면을 발견할 수 있습니다.

접동새는 이처럼 불면의 고통을 공유할 수 있는 자연물로서는 가장 안성맞춤이었던 모양입니다. 잠을 자야 하는 한밤에 울고 있는 까닭을 시인은 자신의 처지에 공감했기 때문으로 여겼던 것이지요. 이를 단적으로 보여 주는 노래 두 편을 보겠습니다.

빈산에 우는 접동 너는 어이 우짖느냐
너도 나와 같이 무슨 이별 하였느냐
아무리 피나게 운들 대답이나 하더냐.

- 박효관 [시조]

빈산에 달 밝은 밤 슬피 우는 저 두견아
천금 사랑 곁에 두고 말 못하는 나의 심사
두어라 천고 원한이야 너와 내가 다르랴.

[시조]

위의 두 노래에서는 외로움과 안타까움이 진하게 느껴집니다. 앞의 노래에서 감지되는 외로움은 역시 임의 부재가 그 원인이겠지요. 임은 아무리 애타게 불러도 대답이 없고, 기다려도 오지 않습니다. 때마침 들려오는 접동새 울음소리는 시인의 울음과 자연스럽게 일체화됩니다. 접동새의 울음이 상실감 때문이라는 점이 시인과 일체화될 수 있는 근거가 되는 것이지요.

뒤의 노래에는 임을 잃은 상실감을 읊은 앞의 노래와 달리 곁에 둔 임을 사랑할 수 없는 안타까움이 드러나 있습니다. 그러나 임이 아예 부재한 상태이든 곁에 있으면서도 사랑할 수 없는 상태이든 그것이 나의 결핍이라는 점은 다를 바 없지요. 그 두 가지 결핍의 경중은 아예 비교할 수 없을지도 모르겠습니다. 이 노래에서는 접동새 대신 두견새가 등장하지만, 조류학적 분류에 관심을 가질 필요가 없다고 했습니다. 중요한 것은 불면의 밤을 보내고 있는 이 밤에 '나'와 '너'가 함께 슬피 울 수밖에 없는 상황이라는 점입니다. 두 노래 모두 결국 접동새 혹은 두견새의 울음에서 시인이 자기 자신의 모습을 발견하고 있는 것입니다.

접동새와 두견새가 이처럼 임을 잃은 시인의 처지에 공감하는 생명체로 자주 등장하는 것은 사실이지만, 드물게는 다른 생명체도 발견됩니다.

귀또리 귀또리 어여쁘다 저 귀또리
어인 귀또리 지는 달 새는 밤에 긴 소리 짧은 소리 절절히 슬픈 소리 제 혼자 울어 내어 사창(紗窓) 여윈 잠을 살뜰히도 깨우는고야
두어라 제 비록 미물이나 무인 동방(無人洞房)에 내 뜻 알 이는 저뿐인가 하노라.

[사설시조]

이 노래는 앞의 두 노래와 갈래는 다르면서도 아주 유사한 발

상을 보여 주고 있습니다. 앞의 두 노래에서는 접동새와 두견새가, 이 노래에서는 귀뚜라미가 화자의 정서와 일체화되고 있음을 확인할 수 있지요. 여기에서도 일체화의 고리는 역시 임의 결핍으로 인한 외로움입니다. 자신의 뜻을 알아 줄 '미물'에 불과한 귀뚜라미는 표면상으로 화자의 불면을 자극하는 객체이지만, 결국 시인은 귀뚜라미에서 자신을 발견하게 됩니다.

밤에만은 울지 않기를

이제 이쯤 되었으니 우리 옛날 노래 중에서도 가장 절창이라 하는 〈청산별곡〉의 한 연을 보겠습니다. 이 부분은 아직도 말끔히 해결되지 못한 해석 문제를 안고 있습니다.

> 울어라 울어라 새여 자고 일어 울어라 새여
> 널라와 시름 많은 나도 자고 나서 우니노라.
>
> - 〈청산별곡〉 [고려가요]

이 부분이 안고 있는 해석 문제는 "울어라"가 명령형인가 감탄형인가 하는 논란으로 집중됩니다. 따라서 이 노래에 대한 감상은 "울어라"라는 말의 문법적 정체성을 밝혀 가는 과정을 밟아 가는 것이 옳을 듯합니다. 결론부터 말하자면 아무래도 명령형으로 보는 편이 옳다고 봅니다. 그렇게 해야 노래의 정조를 드높이고 시적 여운을 강화할 수 있다고 봅니다. 왜 그런지 차근차근 따져 보기로 하지요.

그 전에 기억해 두어야 할 사실 하나. 이 노랫말이 'aaba 구조'를 가지고 있다는 점입니다. aaba 구조는 같거나 유사한 소리가 두 번 반복된 후 다른 소리가 한 번 나왔다가 다시 앞에서 두 번 반복된 소리가 또 나오는 구조를 가리킵니다. 이런 구조를 가진 노랫말들은 율격을 형성하는 데 아주 효과적인 구조여서 민요나 시조에 아주 흔하게 등장합니다. 현대시에서도 마찬가지입니다. 그런데 이 구조에서 정보의 가치만을 따진다면, 앞에 두 번 반복된 구절은 특별히 필요가 없습니다. 그 구절을 빼고 읽어도 메시지 자체는 아무런 변화가 없습니다. 잉여 정보라 할 수 있겠지요.

먼저 '울어라'를 감탄형으로 읽으면 왜 어색해지는지를 살펴보겠습니다. 만일 감탄형으로 읽으면 다음과 같이 풀 수 있습니다.

울고 있구나 울고 있구나 새여
자고 일어나서 울고 있구나 새여
너보다 시름 많은 나도 자고 나서 우니노라.

이 노래를 부르고 있는 시점은 아침이겠지요. 자고 일어난 아침부터 시름 많은 인생이 고달파서 울고 있는데 마침 새도 울고 있구나 하는 것이 이 노래의 전부입니다. 이렇게 풀고 나니 아주 맥없는 노래가 되고 말았네요. 아무런 시적 긴장이 발견되지 않습니다. 더욱이 이런 식의 풀이는 의미상 지극히 부자연스럽기도 합니다. 그것은 이 노래의 마지막 구절 때문입니다. 시름이 많을수록 울음도 많아지는 것이 당연합니다. 그러므로 너보다 시름이 적은 나도 운다고 해야 자연스럽습니다. 너보다 시름 많은 나도 울고 있다고 하는 것은 어색해집니다. 그것은 마치 너보다 뚱뚱한 나도 다이어트를 한다고 말하는 것과 같은 격이고, 너보다 돈이 많은 나도 그 비싼 옷을 샀다고 하는 것과 같은 격입니다. 따라서 일단 감탄형이 아닌 명령형으로 보는 것이 옳은 일입니다.

다음으로 명령형으로 보더라도, 이를 지금 이 밤에 울라고 조르는 것으로 오해해서는 안 된다는 점을 기억해야겠습니다. 이 노래를 부르고 있는 시점은 분명 밤입니다. 밤은 무의식의 시간이고, 고독은 무의식이 지배하는 가장 대표적인 정서 중의 하나입니다. 다들 잠을 자고 있는 밤에 새가 울고 있습니다. 그런 새에게 시적 화자는 지금 울어 달라고 부탁하고 있는 것이 아닙니다. 꼼꼼히 읽어 보면, 제발 지금 이 밤에는 울지 말고 차라리 자고 일어나서 아침에 울어 달라는 부탁입니다. 너보다 시름이 많은 나도 이 밤에는 울음을 참고 있는데, 왜 네가 울음을 참지 못하느냐는 질책이 담겨 있지요.

이왕 발걸음이 옆 동네로 흘러갔으니까, 한마디 더 첨가하기로 하지요. 만일 온갖 부작용을 낳는다고 하는 콜라를 무지무지 좋아하는 아이가 있다고 합시다. 그 아이는 약골인 데다 병치레도 잦습니다. 그리고 그 아이에게 자랄 만큼 자란 후에 콜라를 마시라고 충고하는 메시지를 전해야 하는 상황을 가정해 보겠습니다. 이 메시지를 aaba에 맞춰 노랫말로 짓는다면 다음과 같이 구성할 수 있겠지요.

마셔라 마셔라 콜라 어른 되어 마셔라 콜라
너보다 건강한 나도 어른 되어 마시노라.

누군가 이 가사를 두고 어린아이들에게 콜라를 권장하는 노래로 읽었다면, 그는 분명 시작 부분 "마셔라 마셔라 콜라"에만 주목했을 것입니다. 그 뒤에 나오는 핵심 정보들을 다 놓치고 말의 리듬을 위해 잉여로 주어진 정보를 주된 정보로 받아들인 것이지요. 〈청산별곡〉의 2연을 마치 지금 울어 달라고 애원하는 노래로 읽는 오독과 동일한 것입니다. 이쯤 되면 이 부분이 '지금은 울지 말아 다오'라는 애원임을 충분히 이해할 수 있겠지요.

임을 잃고 외로워서 우는 상황이라면, 그리고 새의 울음도 같은 원인에서 비롯된 것으로 이해한다면, 그 밤의 고독은 한층 더 증폭될 테지요. 그래서 시인은 차라리 아침에 울지언정 일부러라도 이 밤에는 울지 않겠다고 하는 것이지요. 아마도 시인에게는 자기 자신의 울음을 스스로 감당할 자신이 없었던 모양입니다. 울음이 자신을 삼키게 될지도 모른다는 불안, 그래서 자신이 울음에 지쳐 스스로를 포기할지도 모른다는 위험한 예감을 가지고 있었던 것이겠지요. 이처럼 이 노래에서는 시인의 처지에 전적으로 공감하는 자연물이 등장함으로써, 그 슬픔의 깊이가 더욱 심화되고 있음을 확인할 수 있습니다.

물론 이 노래가 반드시 임을 잃은 외로움을 탄식하는 것이라 말하기는 어렵습니다. 노래 전체를 보면 오히려 임을 잃은 노래가 아닐 가능성이 더 큽니다. 그러나 우리에게는 이런 방식으로 읽을 자유도 있습니다. 그 자유를 남용한 것인지는 모르겠으나, 이렇게 해서 나도 울고 새도 우는 장면 하나를 사랑 노래의 맥락으로 풀이해 보았습니다.

여기에서 다소 생뚱맞은 질문 하나. 이 노래에 등장하는 새는 무엇일까요? 아마도 접동새가 제격이겠지요. 그것이 두견새인지 소쩍새인지는 알 수 없으나, 적어도 우리의 관습으로는 접동새로 간주하는 것이 시의 분위기나 시인의 내면을 최대한으로 드러내 줄 수 있는 소재임을 미리 확인했기 때문입니다.

흔히 이런 대상들을 어려운 말로 '객관적 상관물'이라고 합니다. 인간의 오감으로 직접 감지하기 어려운 시적 화자의 내면을 그대로 드러내 주어 가시적으로 확인할 수 있게 하는 역할을 맡고 있는 소재라는 뜻이지요. 주변을 둘러보면 나의 내면을 구체적인 이미지로 드러내 줄 수 있는 사물들은 숱하게 널려 있습니다. 시인이란 그런 사소하고 일상적인 풍경을 자신의 내면과 대응시킬 줄 아는 능력을 가지고 있을 따름이지요.

문상을 가면 흔히 목격할 수 있는 장면이 있습니다. 가족을 잃은 슬픔을 가까스로 다스리고 있던 사람이 다른 사람의 통곡 소리를 듣고서는 끝내 다시 통곡을 시작하는 경우입니다. 다른 사람의 통곡 소리에 자신의 슬픔이 더 증폭되었기 때문이겠지요.

앞에서 훑어본 노래들에서 새와 같은 자연물을 비롯한 여러 대상과 시인이 동화되는 것도 그런 효과가 아닌가 싶습니다. 접동새, 두견새, 귀뚜라미가 울지 않는 적막한 밤이었어도 시인은 여전히 잠을 이루지 못했을 것입니다. 그리고 울고 있었을 것입니다. 그러나 이들이 있어 시인의 슬픔은 한층 더 증폭되었을 것이고, 노래를 듣는 사람, 혹은 시를 읽는 독자들에게 다가오는 울림도 한결 더 커졌을 것입니다.

변명하기 혹은 자위하기

우리는 모두 삶의 마디마디에서 어떤 곤경에 처하게 됩니다. 그것은 조금만 더 애를 쓰면 스스로 넘을 수 있는 높이의 장애물일 수도 있고, 인력으로는 어찌할 수 없는 거대한 수렁일 수도 있지요. 또 그것은 자신의 실수나 잘못에 말미암을 수도 있고, 자신을 둘러싼 환경이 만들어 낸 상황의 산물일 수도 있습니다. 어떤 경우이든 그런 곤경은 누구에게나 다가오지만, 또 누구나 그런 곤경에서 벗어나고 싶어 하는 것이 인지상정이겠지요.

그런데 곤경에서 벗어난다는 것은 생각보다 쉬운 일이 아닙니다. 벗어날 수 있는 곤경이라면 애초에 피해 갈 수도 있었을 테니까 말이지요. 그래서 실제로는 곤경에서 벗어나지 못할 때, 우리는 여러 가지 논리를 동원하여 그렇게 될 수밖에 없었던 상황을 만들어 내고는 합니다. 그런 것을 우리는 일반적으로 '핑계' 라고 하지요.

신 포도의 방어 기제

'여우의 신 포도' 이야기를 들어 봤을 테지요. 배고픈 여우가 우연히 포도송이를 발견했습니다. 반가웠겠지요. 그러나 너무 높이 매달려 있어서 아무리 노력을 해도 따 먹을 수가 없었다고 하네요. 그래서 결국 포기하면서 하는 말이 이렇습니다.

"흥, 저까짓 시어 빠진 포도를 내가 먹나 봐라."

이 이야기는 보통 심리학에서 '합리화'라는 심리적 방어 기제를 설명하는 사례로 활용되고는 합니다. 인간은 심리적인 곤경에 처했을 때 스스로 거기에서 벗어나거나 피해 가기 위해 이러저러한 심리적 기제를 발동한다고 합니다. 합리화는 그런 기제 중의 하나인데요, 상황을 그럴 듯하게 꾸미고 사실과 다르게 인식하여 자아가 상처 받지 않도록 정당화하는 방법을 가리킵니다. 상처 입은 자존심을 스스로 회복하거나 죄책감에서 벗어날 요량으로 선택하는 심리적 기제이지요. 여우는 자신의 능력을 탓하지 않았습니다. 대신 포도의 가치를 낮춤으로써 자신의 자존심을 스스로 지켜 낸 셈이지요. 결국 심리적 자위행위라 할 만합니다.

물론 이런 합리화는 무의식적으로 일어나므로 거짓말이나 변명과는 다르다고 보는 것이 일반적입니다. 그러나 그 차이는 학문적 엄밀성을 잣대로 삼았을 때나 인정될 수 있는 것이고, 일상적으로는 특별한 차이를 알아내기 어렵습니다.

사설이 길어졌네요. 이쯤 되면 어떤 노래를 살필지 대충 짐작할 수 있겠지요. 사랑하는 사람이 약속을 어기고 오지 않았을 때 우리가 받는 상처는 얼마나 깊은지요. 사랑하는 사람과 헤어진 뒤라면 또 그 상처는 어떻게 감당할 수 있는지요. 이럴 때 우리는 그런 상황에 대해 그럴 수밖에 없었다고 믿기 위해 이러저러한 논리를 동원하겠지요. 이번 꼭지에서 음미할 작품들은 바로 이런 식으로 자신을 위안하는 노래들입니다.

대동강이 넓은 줄을 몰라서
배를 내어 놓았느냐 사공아
네 아내가 음탕한 줄도 모르고
떠나는 배에 내 임을 태웠느냐 사공아.

- 〈서경별곡〉 [고려가요]

이 노래의 배경이 평양이라는 점을 아는 것은 어렵지 않겠네요. 제목에 평양을 뜻하는 '서경'이 들어 있는 데다, "대동강"이 등장하고 있으니까 말입니다. 그러나 이런 지리적 정보가 중요한 것은 아닙니다. 시인은 지금 임을 떠나보내고 있습니다. 이런 상황에서 누군가를 원망한다면, 그 화살은 당연히 임을 겨냥

해야 되겠지요. 그런데 시인이 원망하는 것은 임이 아니라 뱃사공이네요. "이 사공놈아! 네가 우리 임을 태우지 않았던들 내게 이별은 없었을 텐데……" 하고 말입니다. 더욱이 사공의 아내가 바람이 난 줄도 모른 채 자신의 임을 태웠다고 했으니, 정말 이지 가관입니다. 사공으로서는 억울할 만도 합니다. 불필요한 모함까지 받았네요.

그러나 시인의 입장에서는 자신의 마음을 안정시키기 위해서 취할 수 있는 방법이 그것밖에 없었는지도 모르겠네요. 그렇게라도 해야 자신이 원하지 않은 이별이라는 상황을 스스로 납득할 수 있었겠지요. '나에게는 잘못이 없다. 그리고 사랑하는 사람이므로 임을 원망하고 싶지 않다. 그러니 내가 겪고 있는 이별의 고통은 바로 임을 태운 사공이 주는 것이다.' 이것이 시인이 이별 상황을 합리화하고 있는 논리인 셈입니다.

말은 가자 울고 임은 잡고 울고
석양은 재를 넘고 갈 길은 천리로다
저 임아 가는 날 잡지 말고 지는 해를 잡아라.

[시조]

이 시조는 시인 자신이 떠나는 정황을 담고 있습니다. 날이 더 저물기 전에 말을 타고 길을 떠나야 하는 상황. 임은 가지 말라고 애원을 하고 있네요. 시인은 자신이 떠나는 것이 자신의 뜻이 아니라고 변명하고 있는 듯합니다. 해가 지니까 떠나야 한다고 말이지요. 해가 아직도 많이 남았다면 내가 굳이 지금 떠나야 할 필요가 없다고 말입니다. 해에게 책임이 있다는 듯, 자신이 맞이한 불가피한 이별을 그렇게 애써 위로를 하고 있습니다.

떠날 핑계, 머무를 핑계

그러면 이 노래의 임이나 '나'는 혹 이런 생각을 하지는 않았을까요? 차라리 갑자기 해가 져서 날이 저물면 하루라도 더 같이 있을 수 있다는 생각 말입니다. 그러니까 지금 길 떠날 채비를 하고 있지만, 속으로는 '해야 져라, 해야 져라, 어서어서 해야 져라.' 하고 빌고 있을지도 모를 일입니다. 이별의 책임이 임도 나도 아닌 바로 해에 있다고 믿는 한은 그 방법밖에는 길이 없지요. 이와 유사한 상황을 다음 노래에서 보게 됩니다.

바람 불으소서 비 올 바람 불으소서
가랑비 그치고 굵은 비 들으소서
한길이 바다가 되어 임 못 가게 하소서.
[시조]

임이 떠나기로 한 날이 된 모양입니다. 보내기 싫겠지요. 그러나 밤은 물러가고 날이 밝아 오겠지요. 그래서 이제 마지막 남은 수단은 천재지변으로 인해 임이 길 떠나기를 포기하게 되는 수밖에 없습니다. 가랑비가 내리는 정도로는 임을 잡을 수 없을 테니까요. 그래서 시인은 굵은 비를 몰아오는 바람이 불기를 열렬히 염원합니다. 한길이 홍수로 넘쳐 나면 임이 길 떠날 생각을 거두게 될 것이라는 생각 때문이지요. 이 역시 임과 나의 이별이 사람 탓이 아니라고 스스로를 위로하고 있는 노래입니다.

거꾸로 멀리 떠나 있던 임이 나를 찾아오는 날이라면 내리던 비도 멈추게 하고 싶겠지요. 아래 노래는 그런 마음을 고스란히 담고 있습니다.

> 바람아 부지 마라 비 올 바람 부지 마라
> 가뜩이 변심한 임 길 질다고 안 올세라
> 저 임이 내 집에 온 후에 구년수를 지소서.
>
> [시조]

애정이 식어서 혹은 마음이 변해서 떠난 임이지만, 어쨌든 돌아온다니 기다려지겠지요. 그러나 걱정입니다. 혹 비라도 내려서 길을 막으면 어떻게 하나 하고 말이지요. 그래서 또 제발 비를 몰아오는 바람은 불지 말아 달라고 기원합니다. 그런데 여기에서 그치지 않네요. 임이 우리 집에 온 뒤에는 어마어마한 홍수가 와서 영원히 떠나지 못하게 막아 달라고 기원하는 것을 보면 참으로 욕심이 많다는 생각도 듭니다.

구년수(九年水)는 중국 요임금 때 있었다고 하는 9년에 걸친 홍수를 말합니다. 9년 내내 하루도 쉬지 않고 내린 것은 아니라 하더라도, 9년 동안 내린 비가 얼마나 큰 홍수가 되었는지를 짐작하기란 어렵지 않습니다.

위의 두 노래를 한 명이 불렀는지 서로 다른 두 사람이 불렀는지 알 수는 없습니다. 그러나 두 사람은 동일한 심정과 염원을 동일한 발상과 표현으로 드러냈습니다. 그러니 한 사람이 부른 두 노래라 해도 상관이 없겠지요. 아마 이 노래들의 화자들은 이렇게 생각했을 것입니다. '임이 만일 떠났다면 그것은 내 탓도 아니고 임의 탓도 아닌 비 탓이고, 돌아올 예정이던 임이 만일 오지 못했다면 그것도 역시 비 때문이다.' 하고 말입니다.

달이 뜨면 오마고 약속하신 임
달이 떠도 어인 일로 오시질 않네
아녀요, 아니어요. 임 계신 곳은
산이 높아 저 달도 더디 뜬대요.

- 능운, 〈임을 기다리며〉 [한시]

⊠ 대낭군(待郎君)

郎云月出來(낭운월출래)

月出郎不來(월출낭불래)

想應君在處(상응군재처)

山高月上遲(산고월상지)

- 능운(凌雲)

이 작품 또한 마찬가지입니다. 달이 뜨면 온다고 했던 임이 달이 둥실 떠오른 뒤에도 나타나지 않습니다. 마음이 변한 것일까요? 그렇게 믿기 싫습니다. 그렇다면 다른 이유를 생각해 내야 되겠지요. '왜 늦을까? 왜 안 올까? 아, 그렇구나. 임이 계신 곳은 산이 높아서 아직도 달이 떠오르지 않았구나. 그러니까 임이 아직 집을 나서지 않은 것은 당연해.' 이렇게 임을 만나지 못한 아쉬움을 달래고 있습니다. 아무리 산이 높아도 달뜨는 시간이 그다지 크게 다르지 않을 텐데도 그렇게 믿기로 했습니다. 그래야 속이 편해지니까요. 포도를 놓친 여우가 스스로를 위로하기 위해 변명을 만들어 낸 것과 다를 바 없지요.

이처럼 앞에서 살핀 노래들은 한결같이 임과 나의 만남과 이별이라는 운명을 결정해 주는 것이 자기 자신이 아니라 자연 현상이라고 보는 공통점을 지니고 있습니다. 그러나 그것은 억지스러운 거짓이 아닙니다. 스스로 감당하기 어려운 이별의 고통을 다스리기 위한 심리적 치료 방법이라 하는 것이 옳겠습니다.

핑계 대고 편해지기

요즘 같으면 원망의 대상이 차가 되지 않을까 싶습니다. 만났다가 헤어져야 하는 상황이라면 차가 고장이라도 나서 갈 수 없게 되는 상황을 생각해 볼 수도 있겠지요. 기다리던 임이 오지 않았다면 차가 고장 나서 그러리라고 그렇게 위안을 하겠지요. 그 정도 간절함이 없다면, 그 정도로 자신이나 임을 변명해 줄 여유가 없다면, 그게 진짜 사랑인지 심각하게 숙고해 볼 만합니다.

이제 위에서 말한 상황과는 약간 다른 경우를 보겠습니다. 임과 나의 만남과 이별을 결정해 주는 것이 자신들이 아니라 제3자라고 보는 입장은 같습니다. 다만 그것이 자연 현상이 아니라 집에서 기르는 가축이라고 보는 것이 다르다면 다른 점입니다.

개를 여남은 마리나 기르되 요 개같이 얄미우랴
미운 임 오며는 꼬리를 홰홰 치며 반겨서 내닫고 고운 임 오며는 뒷발을 버동버동 물렀다 나았다 캉캉 짖어서 돌아가게 한다
쉰밥이 그릇그릇 난들 너 먹일 줄이 있으랴.

[사설시조]

아마도 자기가 좋아하는 임이 따로 있고 자기를 좋아하는 임이 따로 있는 모양입니다. 삼각관계이지요. 그런데 공교롭게도 자기가 기르는 개는 그 감정의 동선이 반대인 듯합니다. 자신이 고운 임을 만나지 못하는 것은 바로 개 때문이라고 원망하고 있는데, 진짜로 개가 사람을 분별해 가며 그렇게 했는지는 모를 일입니다. 자기가 만나고 싶은 임은 아예 근접도 하지 않는데 미워하는 사람은 끈질기게 구애를 하는 상황 속에서, 화자는 일이 그렇게 꼬인 사정을 한탄하다가 개에게 분풀이한 것은 아니었을까요?

참고로 상황은 이 노래와 유사한데, 마지막 행에 나타난 복수의 방법이 조금 다른 노래가 하나 있어 소개합니다. 앞의 노래에서는 밥을 굶기는 것으로 복수를 한다고 했는데, 이 노래에서는 좀 가혹한 형벌을 내리고 있네요. "이튿날 문 밖에 '개 사옵세' 외치는 장사 가거들랑 찬찬 동여 내어 주리라." 하고 말입니다. 아마 무더운 어느 여름날이었던가 봅니다.

이처럼 문학에서 혹은 시에서는 돌려서 말하는 기법이 자주 구사되고는 합니다. 감정을 직설적으로 펼쳐 내는 것은 아무래도 재미가 없습니다. 특히 노래 문학에서는 가급적 압축적이고 함축적이며, 동시에 우회적인 표현으로 내면의 정서를 드러냅니다. 임에게 직접적인 원망을 보내는 대신 임과 나를 둘러싼 환경을 끌어들여 상처를 다스리고 고통을 누그러뜨립니다. 말하자면 거짓은 거짓이되 아주 생산적인 거짓이지요. 그래서 그것은 일방적인 원망도 아니고 핑계와도 다른 경지로 올라서게 됩니다. 그렇게 되면 그 상처와 고통 끝에 남은 흉터는 세월이 흐른 뒤에 자신의 무늬로 남게 되겠지요.

퀴블러 로스라는 심리학자는 애착을 박탈당한 사람은 다섯 단계의 감정 변화를 겪는다고 했습니다. 분노, 부정, 타협, 우울, 수용이 그것입니다. 애착을 박탈당한 직후에는 일단 상대방에게 분노를 느낍니다. 분노가 누그러지면 이제 그가 떠났다는 사실을 인정하지 못하는 부정 단계에 이르게 되고, 한 걸음 더 나아가면 스스로 떠났다는 사실과 떠나지 않았다는 허위 사이에서 타협을 시도하게 됩니다. 그러다가 자신의 상실감을 인정하면서 스스로를 애도하는 우울 단계로 진입을 하게 되지요. 그러다가 최종적으로는 모든 상황을 자신의 운명으로 받아들이거나 새로운 삶의 전망을 모색하는 수용 단계로 나아간다는 것입니다. 임과의 이별을 앞두고, 혹은 이별을 겪은 뒤에 변명도 하고 자위도 하는 것은 애착 박탈 후 겪게 되는 다섯 단계의 감정 변화를 촉진시키는 노력 중의 하나가 아닐까 합니다.

꿈★은 이루어지는가

《삼국유사》에는 〈조신의 꿈〉이라는 제목으로 전하는 이야기가 실려 있습니다. 소략한 줄거리는 다음과 같습니다.

이미 결혼한 아름다운 어느 아낙을 연모하던 조신이라는 사람이, 그 소원을 들어주지 않는 부처를 원망하다가 꿈을 꾸었습니다. 꿈속에서 두 사람은 결혼을 하여 자녀 다섯을 두었으나, 한 아이가 죽는 등 지극한 가난으로 인해 가정이 파탄 지경에 이르렀습니다. 이에 아낙은 자신들의 신세를 한탄하며 다음과 같이 말합니다.

"붉은 얼굴에 예쁜 미소는 풀잎 위의 이슬이요, 지란(芝蘭)과 같은 향기로운 약속도 회오리바람 앞의 버들잎이구려. 당신은 나로 하여 누가 되고, 나는 당신 때문에 근심이 되니, 곰곰이 지난날의 즐거운 일을 생각해 보건대, 그것은 바로 우환의 시작이었구려."

풀잎 위의 이슬은 금방 사라질 수밖에 없고, 회오리바람 앞의 버들잎은 반드시 떨어져 나갈 수밖에 없는 운명입니다. 두 사람의 사랑도 그러하다는 뜻이겠지요. 조신은 기다렸다는 듯이 그 말을 받아들이고 둘은 각각 두 아이를 데리고 헤어지려 할 때 꿈을 깹니다. 다시 잠이 들었다가 이튿날 깨어 보니 머리가 하얗게 세어 있었다고 하네요.

간밤에 꾸었던 꿈이 너무나도 생생해서, 조신은 굶어 죽은 아들을 파묻은 언덕을 찾아갑니다. 혹시나 하고 시체를 묻은 지점을 파 보았겠지요. 그랬더니 거기서 돌미륵이 나왔다고 합니다. 그때부터 조신은 인간의 일생이 물거품같이 허무하다는 것을 느끼고, 다시는 세속적인 인연에 뜻을 두지 않고 불도(佛道)에만 전념했다고 합니다.

꿈의 이중성

이 이야기에서 부처님은 자신의 뜻을 알리기 위해 조신이 꿈을 꾸게 만들었고, 조신은 그 꿈을 통해 진리를 깨닫게 됩니다. 인생이 꿈과 같은 것을……, 하고 말이지요. 그러나 어쨌든 조신의 입장에서는 그야말로 자신이 '꿈꾸던' 여인을 '꿈'에서 정말로 만나는 일을 겪은 셈입니다.

이 말을 제대로 이해하려면 앞의 '꿈'과 뒤의 '꿈'이 서로 다른 뜻을 품고 있다는 것을 기억해야겠네요. 꿈을 사전에서 찾아보면, 두 가지 혹은 세 가지 뜻이 동시에 제시됩니다. 첫째는 잠자는 동안에 깨어 있을 때와 마찬가지로 여러 가지 사물을 보고 듣는 정신 현상을 뜻합니다. 뒤의 '꿈'이 여기에 해당되겠지요. 그리고 실현하고 싶은 희망이나 이상을 뜻하기도 합니다. 그러나 여기에 부정적인 의미가 첨가되어 쓰이기도 하지요. 실현될 가능성이 아주 적거나 전혀 없는 헛된 기대라는 의미로 말이지요.

그렇게 되면 두 번째와 세 번째 뜻은 완전히 상반됩니다. 하나는 현실보다 높은 소망이고 하나는 현실에 미치지 못하는 허망이지요. 상반되기는 하지만 둘 다 현실의 너머에 있다는 점은 같습니다.

여기에서 꿈의 이중성을 발견할 수 있습니다. 그러니까 앞의 '꿈'은 두 가지 뜻 중의 하나이거나 두 가지 뜻을 동시에 품고 있는 것입니다. 그러나 한편으로 현실에서 강한 집념을 가지고 꿈꾸던 일이 잠을 잘 때 꿈으로 나타나기도 하는 경험이 있는 것으로 보아서는, 두 가지 혹은 세 가지 의미가 한 뿌리에서 나온 것으로 보아도 무방하겠습니다.

이제 우리의 관심은 헤어진 임과 재회하기를 꿈꾸는 노래들로 옮겨 갑니다. 재회를 꿈꾸다가 꿈속에서라도 임을 만나는 기쁨, 혹은 꿈속에서만 만날 수 있는 슬픔을 읊은 노래들입니다.

꿈에 왔던 임이 깨어 보니 간 데 없네
탐탐히 괴던 사랑 날 버리고 어디 갔나
꿈속이 허사일망정 자주 보게 하여라.

- 박효관 [시조]

꿈속에서 백만장자가 되어 온갖 부귀영화를 누린다 한들 꿈에서 깨면 허무만 남을 터, 꿈이 허망한 줄을 어찌 모르겠습니까? 꿈은 절대 현실이 아니니까 말이지요. 마치 조신이 열렬히 사모하던 여인을 꿈속에서 만났다가 그 서사의 결말에서 허무를 느끼는 것과 마찬가지 이치이지요.

그러나 그런 꿈이 아니면 어떻게 그 부귀영화를 경험해 보겠습니까? 꿈속에서나마 누릴 수밖에요. 이런 점에서 꿈은 이중적입니다. 특히 꿈속의 경험이 현실에서 실현되기 어려운 일일수록 그 이중성은 더욱 강고해지겠지요. 차라리 꿈이 아니길 빌게도 되겠지요.

앞에 제시된 노래에서도 화자는 그 이중성으로 인해 심리적 갈등에 휩싸이게 됩니다. '허망한 꿈을 꾸어서 무엇 하겠는가, 아니 그나마 꿈속에서라도 임을 만나야지.' 하는 갈등입니다. 그 갈등 끝에 화자는 꿈이라도 의지하면서 그리움을 달래기로 했습니다. '꿈이 허사인 줄은 알지만, 그것마저 없다면 내 어찌 임을 만나 보랴.' 하고 결정한 것입니다. 다음에 제시된 노래에서도 마찬가지입니다.

꿈에 뵈는 임이 신의(信義) 없다 하건마는
탐탐이 그리울 제 꿈 아니면 어이 보리
저 임아 꿈이라 말고 자주자주 뵈소서.

- 명옥 [시조]

꿈에 보이는 임이 신의가 없다고 한 것은 꿈의 허망함을 임에게 전가시킨 발상입니다. 임에게 신의가 없는 것이 아니라 다만 꿈이 허망할 따름이지요. 그래도 시인은 꿈의 효용을 긍정하지 않을 수 없습니다. 꿈 아니면 달리 임을 만날 길이 없음을 잘 알고 있기 때문입니다.

물론 이와는 반대도 있을 수 있겠지요. 꿈이 찬란할수록 그 뒤에 오는 허무는 더 짙은 법, 그래서 그 허무를 감당할 수 없다는 뜻을 밝히는 경우겠지요.

가노라 다시 보자 그립거든 어이 살고
비록 천리인들 꿈에서야 아니 보랴
꿈 깨어 곁에 없으면 그를 어이 하리오.

[시조]

산을 오르며 내리며 헤매며 방황하니
어느 결에 힘이 지쳐 풋잠을 잠깐 드니
정성이 지극하여 꿈에 잠깐 임을 보니
옥 같은 얼굴이 반이 넘어 늙었구나
마음에 품은 말을 실컷 하자 하니
눈물이 솟아나니 말인들 어찌 하며
정회도 다 못 풀어 목마저 메어 오니
방정맞은 닭 소리에 잠이 이내 깨는구나
어와 헛된 일이로다 이 임이 어디 갔는고.

- 정철, 〈속미인곡〉 [가사]

앞의 시에서 화자는 결별을 비교적 담담히 받아들이고 있습니다. 왜냐하면 "다시 보"게 되리라는 기대가 있기 때문이지요. 그러나 그것도 잠시, "그립거든 어이 살고"라 하면서 그리움의 파도를 두려워합니다. 그러나 다시 생각이 바뀝니다. 이번에는 꿈에서라도 만날 수 있으리라는 기대 때문입니다.

그러나 그것도 잠시, 꿈의 허망함을 알고 있는 화자는 다시 비탄에 빠지게 됩니다. 이 짧은 노래에서 결별에 대한 태도는 세 번씩이나 바뀝니다. 꿈에 대한 의지와 꿈에 대한 불신이 태도 변화의 축이라 하겠지요.

뒤에 제시된 송강 정철의 시에서도 꿈의 허망함이 직설적으로 드러나고 있습니다.

임을 만나 그 반가움과 서러움을 풀어내고 있었으나 그것은 허망한 것으로 판명됩니다. 새벽녘 닭의 울음소리가 해후를 방해한다고 한 것은, 엉뚱한 화풀이에 불과하겠지요. 꿈은 어차피 꿈일 뿐이니까요.

그래도 꿈의 허망함 때문에 꿈속의 상봉을 포기할 수는 없는 법입니다. 그야말로 '꿈'은 '꿈'이 이루어지는 공간이자 시간이니까요. 더욱이 몽중 상봉이 최선의 방법이 아니라 유일한 방법이라면 더 이상 말할 필요도 없습니다. 그래서 우리의 옛 노래에는 꿈의 허망함보다는 현실의 고통을 일부라도 보상해 주는 꿈의 효용이 더 부각되어 있습니다.

임을 대면하는 유일한 방법이 꿈이라는 것을 표 나게 내세우고 있는 다음의 시는 흥미로운 발상을 보여 주고 있습니다.

그리운 그대를 만날 길은 꿈밖에 없는데
내가 그대를 찾아가면 그대 나를 찾아 떠났네
바라건대 다른 날 꿈속에서 아득히
한시에 출발해서 오가는 길에서 만나기를.

- 황진이, 〈꿈〉 [한시]

▩ 몽(夢)

相思相見只憑夢(상사상견지빙몽)

儂訪歡時歡訪儂(농방환시환방농)

願使遙遙他夜夢(원사요요타야몽)

一時同作路中縫(일시동작노중봉)

- 황진이

우리에게 시조 시인으로 널리 알려져 있는 황진이의 한시를 번역한 작품입니다. 내가 꿈속에서 그대에게 가고 그대 또한 꿈속에서 나를 찾아왔으나 서로 만나지 못합니다. 서로 다른 시간에 출발해서 길이 엇갈렸던 모양입니다. 해서 시인은 같은 날 같은 시간에 출발하면 도중(途中)에 만날 수 있으리란 기대를 나타내고 있습니다. 시조 작품에서 보이는 황진이의 참신한 발상을 여기에서도 발견할 수 있습니다. 아마도 이렇게 정리할 수 있지 않을까 합니다. '꿈속에 길이 있어 왕래가 있고, 왕래가 있어 재회가 있다.'

꿈속에 다니는 길을 염두에 두면, 다음의 몇 작품도 유사한 발상을 품고 있다 하겠습니다. 각각 시조와 한시로서 장르는 다르지만, 발상과 표현이 서로 유사합니다. 아마도 옛사람들 사이에서 널리 공유되었던 결과가 아닐까 합니다.

꿈에 다니는 길이 자취 생길 양이면

임의 집 창밖에 석로(石路)라도 닳으련마는

꿈길이 자취 없으니 그를 슬퍼하노라.

- 이명한 [시조]

요즘 어떻게 지내시는지 안부를 묻습니다

달빛 받은 창가에 한이 쌓여 있습니다

꿈속의 영혼에 만약 자취라도 있었다면

문 앞의 돌길이 반쯤은 모래였을 테지요.

- 이옥봉, 〈운강에게 보내는 연서〉 [한시]

※ 증운강(贈雲江)

近來安否問如何(근래안부문여하)

月到紗窓妾恨多(월도사창첩한다)

若使夢魂行有跡(약사몽혼행유적)

門前石路半成沙(문전석로반성사)

- 이옥봉

얼마나 자주 다녔으면 돌길이 닳아 모래가 되었을까요? 그러기 위해서는 또 얼마나 애타게 그리워했을까요? 또 얼마나 사랑했으면 그토록 그리웠을까요? 두 편의 시에서는 모두 시인이

'그대'를 얼마나 그리워했는가를 과시하려는 듯이 보입니다. 그러나 문제는 그 그리움의 파고를 증명할 길이 없다는 것이지요. 꿈은 오직 정신 현상일 뿐이니까요. 이처럼 두 편의 작품은 모두 그 절절한 사랑과 간절한 그리움과, 그러나(또는 그래서) 박절한 꿈을 노래하고 있습니다.

사랑을 꿈꾸는 꿈

사랑을 노래한 우리의 옛 노래 중에 꿈 노래가 많은 것은 무슨 이유일까요? 교통수단, 통신수단이 부족해서였을까요? 물론 오늘날과 비교하면 교통과 통신이 원활하지 못했으니, 재회든 상봉이든 쉽지는 않았겠지요. 그러나 근본적으로는 이별에 대한 태도에서 비롯된 것이 아닐까 합니다. 모든 사람은 반드시 이별하게 되어 있음을 긍정하고 있었던 것이지요. 이별은 숙명이라 생각한 것입니다. 그것이 사별이든 생이별이든 관계없이 말입니다. 불교식 용어로 '회자정리(會者定離)'라고 하지요. 그래서 결별에 대해 적극적으로 저항하고, 적극적으로 임을 만나러 길을 떠나는 일은 별로 없었던 모양입니다. 오직 멀리서 그리워하고 기다리기만 할 따름입니다.

마지막으로 옥봉의 시에 대한 정보를 보탤 필요가 있겠네요.

이 정보를 바탕으로 읽으면 공감의 폭이 더욱더 커질 것으로 보입니다.

옥봉은 양반가의 얼녀(孼女)였다고 합니다. 얼녀는 양반 아버지와 천민 어머니 사이에 태어난 딸을 말합니다. 어머니가 양민 이상의 신분일 경우에는 서녀(庶女)라고 하는데, 얼녀는 중인 신분에 속하는 서녀와는 달리 어머니를 따라 천민 신분을 부여받게 됩니다.

옥봉은 조원이라는 사람의 첩이 되었다가 버림을 받습니다. 시 제목에 있는 '운강' 이 바로 그 사람의 호입니다. 그러니까 이 시는 버림을 받은 후에 운강을 그리워하면서 지은 작품이라고 볼 수 있습니다.

그러고 보니 이 시에 보이는 한탄은 단순히 한 남자에게 버림받은 여인의 한만이 아니라 천민 신분의 굴레를 천형처럼 지니고 살아야 하는 한도 함께 섞여 있는 느낌입니다.

옥봉이 조원에게 왜 버림을 받게 되었는지는 모르겠습니다. 그리고 어쩌면 운강도 옥봉을 버린 뒤에 후회하면서 그리워했을 수도 있겠지요. 멀리 떨어져 있는 것들은 모두 그리운 법이니까요. 그래서 우리와 한 하늘을 이고 사는 어느 시인은 운강이 되어 옥봉에게 보내는 연서를 다음과 같이 썼습니다.

그대가 밤마다
이곳 문전까지 왔다가 가는
그 엷은 발자국 소리를
내 어찌 모를 수 있으리

술 취하여
그대 무릎 베개 삼아
잠들고 싶은 날

꿈길
어디메쯤
마주칠 수도 있으련만
너무 눈부신 달빛 만리에 내려 쌓여
눈먼 그리움
저 혼자서 떠돌다가
돌아올 뿐

그동안
돌길은 반쯤이나 모래가 되고
또 작은 모래가 되어
흔적조차 사라져

이젠 내 간절한 목마름

땅에 묻고

다시 목마름에 싹 돋아

꽃필 날 기다려야 하리

- 이가림, 〈목마름 - 옥봉 이씨에게 보내는 편지〉(《순간의 거울》, 창비)

변신의 욕망,
그리고
'나'와 '남'과 '님'

인간을 두고 만물의 영장이라고 합니다. 하지만 어찌 보면 인간만큼 부족한 것이 많은 존재도 드뭅니다. 당장 맹수들과 비교해도 강한 이빨도 발톱도 없고, 빠른 발도 없으며, 예민한 감각을 지닌 코나 눈도 없지요. 그렇다고 날개가 있어 공중을 날아다닐 수도 없고, 지느러미가 있어 물속에서 자유롭게 헤엄치기도 어렵습니다. 참으로 한계가 뚜렷한 존재이지요.

그래도 인간에게는 상상력이 있어 그 한계를 넘어서는 가상체험을 할 수 있습니다. 인간의 상상력이 과학의 옷을 입으면 각종 문명 발달을 촉진시켜 차를 만들고 비행기를 만들고 인터넷을 만듭니다. 또 문학의 옷을 입으면 이미지를 만들고 사건을 만들고 사람들 사이의 소통을 만들어 냅니다.

이번에는 문학의 옷을 입은 상상력이 움직이는 한 장면을 보겠습니다. '이 몸이 새라면…….' 하는 식의 가정법을 내세워 이러저러한 상상력의 날개를 펼치는 작품들이지요.

어떤 이는 청소년기에 파리로 잠깐 변신해 보고 싶다는 충동을 느낀 적이 있다고 합니다. 하필 파리냐고요? 이유는 오직 하나였습니다. 여탕에 침투해 보고 싶었던 것이지요. 이 정도라면 가히 망상이라 할 수도 있겠습니다. 상상이든 망상이든, 그건 인간의 한계를 넘어서 보려는 의도에서 출발한다고 봐야겠지요.

그리고 그 의도를 견인하는 것은 이성이라는 타자의 매혹입니다. 말이 좀 어렵나요? 쉽게 말해 '나' 아닌 모든 사람은 타자입니다. 타자란 '나' 아닌 '남'을 일컫습니다. 그 많고 많은 '남' 중에서 특별한 이름과 향기를 지니고 내 앞에 서 있는 사람을 우리는 '님'이라 부르고는 하지요(맞춤법에 맞게 쓰자면 '임'이라 해야겠지만, 말놀이의 즐거움을 위해서 '님'으로 표기하는 뜻을 헤아려 주시길……). 그리고 "님이라는 글자에 점 하나만 찍으면 도로 남이 되는 장난 같은 인생사" 운운하는 노랫말도 있습니다만, 님은 언제라도 남이 될 가능성을 안고 있습니다.

'님'과 '남' 사이

사랑을 하면서 우리가 불안한 것은, 그 임이 지금은 임이로되 언제라도 남이 될 수 있는 가능성 때문이지요. 또 다른 불안도 있습니다. 남이 되어 버린 임이 다시 제자리로 돌아올 수 있을까 하는 불안이 그것이지요. 이런 불안, 저런 불안을 잠재우기 위해서는 무엇보다 임에게 내가 확고하게 붙어 있거나, 나를 사랑하는 임의 마음을 확인할 필요가 있겠지요. 그럴 때 필요한 게 바로 변신입니다.

임 그린 상사몽이 실솔의 넋이 되어
가을철 깊은 밤에 임의 방에 들었다가
날 잊고 깊이 든 잠을 깨워 볼까 하노라.

- 박효관 [시조]

"실솔(蟋蟀)"은 귀뚜라미의 한자어입니다. 계절은 바야흐로 가을이군요. 중장에 굳이 '가을철'이라는 말이 없었더라도 충분히 알 수 있지요. 시인이 귀뚜라미가 되고 싶은 이유는 임이 자고 있는 방에 '침투'하고 싶기 때문이지요. 울음소리로 임의 잠을 깨우고자 함입니다. 귀뚜라미 소리가 자명종 소리가 아닌데, 울음소리로 임을 깨우겠다는 발상은 순진합니다. 그러니까 이것은 꼭 임을 깨우겠다는 뜻이라기보다는, 임에게 나의 절절한 하소연을 풀어 놓고 싶다는 정도로 이해하는 편이 좋겠지요.

이렇게 보면 울음소리는 단순한 효과음을 넘어서서 임의 마음을 움직이는 어떤 뜻을 품을 수 있는 것이지요. 이런 점에서라면 귀뚜라미보다는 접동새가 훨씬 더 강렬한 효과음을 발산할 수 있겠지요.

이 몸이 죽어져서 접동새 넋이 되어

이화 핀 가지 속잎에 싸였다가

밤중만 살아서 우리 임의 귀에 들리리라.

[시조]

임은 죽어 가서 청산이 되어 있소

나는 죽어 가서 접동새 되어 있어

청산에 접동이 울거든 나인 줄로 생각하소.

[시조]

이 시를 이해하기 위해서는 접동새에 얽힌 전설을 알아야 합니다. 물론 김소월의 시에 등장해서 낯설지는 않겠지만, 그 처절한 사연을 한번 짚고 넘어가기로 하지요.

접동새는 일명 두견새라고도 합니다. 이 두견새에 얽힌 전설은 중국 촉나라 시대로 거슬러 올라갑니다. 옛날 중국 촉나라의 임금 망제의 이름은 두우였습니다. 위나라에 의해 촉나라가 망한 후 두우는 도망간 뒤 복위를 꿈꾸었으나 뜻을 이루지 못하고 억울하게 죽었고, 그 넋이 두견새가 되었다고 합니다. 한이 맺힌 두견새는 밤이고 낮이고 '귀촉, 귀촉' 하며 슬피 울었답니다. 돌아갈 귀(歸), 촉나라 촉(蜀), 즉 촉나라로 돌아가고 싶다는 절규였지요. 그래서 이 새를 귀촉도라고도 합니다. 귀촉도라는 새는 미당 서정주 시인이 소재로 삼은 적이 있어, 역시 낯설지는 않을 것입니다.

이처럼 죽은 망제의 혼인 두견새가 그 맺힌 한으로 피를 토하며 울고, 토한 피를 다시 삼켜 목을 적셨다고 합니다. 그 한 맺힌 피가 땅에 떨어져 진달래 뿌리에 스며들어 꽃이 붉어졌다고 하고, 또 꽃잎에 떨어져 붉게 물이 들었다고 합니다. 두견새는 봄이 되면 밤낮으로 슬피 우는데, 특히 핏빛같이 붉은 진달래만 보면 더욱 우지진다 하고, 한 번 우짖는 소리에 진달래꽃이 한 송이씩 떨어진다고도 하네요.

"나 돌아갈래!" 하는 처절한 절규가 저절로 느껴집니다. 위의 시에서는 결국 임에게로 돌아가고자 하는 욕망이 접동새 이미지를 통해 묘사된 셈이지요. 귀뚜라미가 가을을 배경으로 삼아 등장한다면, 접동새는 당연히 봄을 배경으로 하여 등장합니다. 진달래꽃이 아닌 이화, 즉 배꽃과 짝을 맞추고 있는 이유가 궁금하긴 합니다만, 봄밤의 쓸쓸한 정서를 유발하는 데는 부족함이 없습니다. 그 정서를 바탕에 깔고 임에게 하소연을 전하는 그 처절함은 귀뚜라미를 훨씬 능가합니다.

접동새로 변신하고자 하는 발상이 당시의 관습적 사고에 뿌리를 두고 있다면, 아래의 노래는 개인적인 창의가 돋보이는 발상을 보여 줍니다.

하루도 열두 때 한 달도 서른 날
잠시나마 생각을 말고 이 시름 잊자 하니
마음에 맺혀 있어 뼛속까지 사무쳤으니
편작이 열이라도 이 병을 어찌 하리
어와 내 병이야 이 임의 탓이로다
차라리 죽어져서 호랑나비 되오리라
꽃나무 가지마다 간 데 족족 앉아 다니다가
향 묻은 날개로 임의 옷에 옮으리라
임이야 나인 줄 모르셔도 나는 임 따르려 하노라.

- 정철, 〈사미인곡〉 [가사]

"편작"은 죽을병에 걸린 사람도 살려 낸 명의입니다. 그런 의사가 고치지 못할 병이니, 상사병이 얼마나 심각한지를 짐작할 수 있겠습니다. 하긴 상사병은 의사가 고칠 병이 아니지요. 원인 제공자만이 고칠 수 있겠지요. 그러나 원인 제공자인 임에게 그것을 기대할 수는 없고, 유일한 방법은 내가 스스로 임에게 가는 것입니다.

시인은 호랑나비가 되어 임의 옷에 향을 묻히겠다고 생각합니다. 온갖 꽃잎에 앉아 있으면서 채취한 향을 임의 옷에 묻히는 것으로써 재회의 소망을 이루고자 합니다. 임이 나인 줄을 몰라도 상관없다고 합니다. 사랑하는 임을 보고 상사병을 치료

하는 것으로 만족하겠다는 뜻이겠지요.

이 몸 죽어져서 임의 잔에 술이 되어
흘러 속에 들어 임의 마음 알아보리
맵고도 박절한 뜻이 어느 구멍 들었는고.

[시조]

이 노래를 지은 시인은 임이 도대체 어떤 마음을 품고 있는가가 궁금한 모양입니다. 왜 나에게 항상 냉정한가, 나를 사랑하기라도 하는가, 언제쯤 나에게 따뜻해질까 등등 의문은 끝이 없습니다.

그 의문을 풀기 위해서 시인이 택한 전략은 술로 변신하는 것입니다. 동물도 아니고 식물도 아니고 그냥 물일 뿐인 술입니다. 그래도 그것이 임의 속에 흘러 들어갈 수 있는 유일한 방법이라 생각했나 봅니다. 좀 엽기적인가요? 오죽 답답했으면 그런 희한한 발상까지 했을까 하고 이해하도록 하지요.

그러나 그렇게 해서 어쩌자는 거지요? 이미 죽은 뒤에 임의 마음을 알아서 어쩌자는 거지요? 그리고 이미 죽은 뒤에 임에게 가서 하소연을 한들, 임의 옷에 향을 묻힌들, 도대체 뭘 어쩌자는 거지요? 아무런 소용이 없는 일 아닌가요?

변신과 죽음 사이

시인들이 그것을 몰랐을 리 없겠지요. 그러면 왜 이런 발상을 했을까요? 아마도 그것은 이렇게 볼 수 있지 않을까 합니다. 그것은 죽어서라도 임과 재회하겠다는 의지이거나, 임을 만나지 못하고 임의 사랑을 받지 못하는 것은 세상을 살아가는 의미가 없다는 판단이겠지요. 아하, 그러니까 결국 변신의 욕망은 죽음의 충동과 결부되어 있음을 알겠네요. 죽음을 에로스(eros)의 속성으로 보는 정신분석학의 설명도 이를 넉넉히 입증해 주고 있습니다. 이렇게 보면 변신의 욕망이 곁들어 있는 노래들은, 혹 '죽음'을 명시적으로 드러내지 않더라도 죽음의 충동을 결부시켜 이해할 필요가 있겠네요. 아래에 소개하는 노래가 그렇습니다.

내 마음 베어 내어 저 달을 만들고저
구만리 장천에 번듯이 걸려 있어
고운 임 계신 곳에 가 비추어나 보리라.

- 정철 [시조]

이런 노래들의 한 가지 특징은, 대체로 밤을 시간적 배경으로 하고 있다는 점입니다. 변신의 욕망은 거의 밤에 일어난다고 볼 수 있지요. 설혹 호랑나비로의 변신과 같이, 변신한 채로 움직이는 시간은 낮이라 하더라도, 그런 발상만은 밤에 이루어졌다고 보아야겠습니다. 왜 하필 밤일까요? 밤은 무의식이 지배하는 시간입니다. 밝은 낮 시간에는 잠복되어 있던 무의식적 욕망들이 밤이 되면 마치 뱀이 머리를 들어 올리듯이 조금씩 조금씩 스멀거리며 움직이는 시간이지요. 더욱이 밤은 정신적인 사랑과 함께 육체적인 사랑을 조화시켜 완성시키기에 적합한 시간이기도 하지요. 애정욕이 차단되었음을 절실하게 깨닫는 일은 아무래도 낮보다는 밤에 이루어지겠지요. 에로스의 속성인 죽음의 충동도 밤이 되어서야 강렬해질 것입니다. 그것이 변신의 시간적 배경을 밤으로 삼은 까닭입니다.

마지막으로 지금까지 접했던 것들과는 조금 다른 분위기의 노래를 두 편 소개하겠습니다. 변신의 욕망이 유머로 승화되는 현장을 목격하시기를 바랍니다. 굳이 장르 명칭을 정하자면, '에로틱 판타지' 라 하면 좋을 듯하네요.

각시네 옥 같은 가슴을 어이 굴러 대어 볼꼬

믈명주 자즛빛 저고리 속에 깁 적삼 안섶이 되어 존득존득 대고 라지고

이따금 땀 나 불을 제 떨어질 줄을 모르리라.

[사설시조]

새아씨 서방 못 맞아 애쓰다가 죽은 영혼

마른 삼발 수삼 되어 용문산 개골사에 이 빠진 늙은 중놈 거친 베 나 되었다가

이따금 땀 나 가려울 제 비벼나 볼까 하노라.

[사설시조]

아득하여라, 강물이라는 경계여

고인 듯도 하고 흐르는 듯도 한 강물을 보면 어떤 생각이 떠오르나요? 강물은 보통 추상적인 관념으로 시간이나 역사를 상징합니다. 유유히 흘러가고, 한번 흘러가면 다시 오지 않는 속성이 시간이나 역사를 닮았기 때문이지요.

이러한 상징이 충분히 성립될 수 있다고 수긍한다면, 이제 강물이 흐르는 방향과 수직으로 선을 긋고 생각해 보세요. 그러면 강물은 이제 경계가 됩니다. 이편과 저편을 가르고, 이승과 저승을 나누며, 차안(此岸)과 피안(彼岸)을 분할하는 경계.

그리스신화에 따르면, 인간이 죽어서 이승을 떠나 저승에 이르기까지 몇 개의 강을 건넌다고 합니다. 그 길을 안내하는 존재가 바로 죽음의 신 '타나토스(Thanatos)' 입니다. 타나토스의 인도를 받아 건너는 강 중의 하나는 '아케론의 강' 입니다. 이곳을 건너면 모든 슬픔을 버리게 된다는군요. 또 다른 하나는 '레테의 강' 입니다. 이른바 '망각의 강' 입니다. 이 강을 건너면서 이승에서의 모든 기억을 버리고 드디어 저승 세계의 인간이 됩니다. 그 외에도 몇 개의 강이 더 있는데 모든 강을 건너면 완전히 저승 세계의 '백성'이 되어 새로운 삶을 시작하게 되는 것이지요. 기독교에서는 또한 '요단강'을 건너가 하나님의 나라에 이르게 된다고 하고, 불교에서는 '삼도천(三途川)'이라는 곳이 있어 죽은 지 7일째 되는 날에 이곳을 건너게 된다고 하네요. 이처럼 강물은 옛날이나 요즘이나, 동양에서나 서양에서나 분할의 경계가 되고는 합니다.

신화적 · 종교적인 상징의 파장 때문인지는 모르지만, 이별을 노래한 시에서도 강물은 자주 경계선으로 등장합니다. 하긴 사별이나 생이별이나 한 사람이 다른 사람을 떠나고 두 사람이 갈라서는 일은 마찬가지지요.

이제 우리는 강물을 경계로 서로 헤어지는 장면을 포착한 노래 몇 편을 만날 것입니다. 왜 이별은 항상 강물을 배경으로 하는지를 함께 감상해 보기로 하지요.

강물, 건너야 할 운명

강물은 본디 땅과 땅을 가르는 경계입니다. 원래는 하나였던 땅이 강물이 흐르면서 양쪽으로 갈라지게 된 것이지요. 처음에는 땅을 가르던 경계가 이제는 사람을 가르는 경계가 됩니다. 이쪽 땅에 사는 사람과 저쪽 땅에 사는 사람은 강물을 경계로 타인으로 살아야 합니다. 그리고 한쪽에서 더불어 살던 사람들도 누군가가 그 강을 건너면 서로 타인이 됩니다.

비 갠 긴 강둑에 진한 풀빛 펼쳤는데
남포에서 그대 보내니 노랫가락 구슬퍼
대동강 흐르는 물 어느 때나 마를까
해마다 이별의 눈물 푸른 물결에 보태거니.

- 정지상, 〈송인(送人)〉 [한시]

※ 송인 (送人)

雨歇長堤草色多 (우헐장제초색다)
送君南浦動悲歌 (송군남포동비가)
大同江水何時盡 (대동강수하시진)
別淚年年添綠波 (별루년년첨록파)

- 정지상

시인 정지상은 고려 시대 사람입니다. 《삼국사기》를 쓴 김부식과 라이벌이기도 했지요. 정치적으로도 문학적으로도 라이벌이었습니다. 정치적 라이벌 관계는 김부식의 승리로 끝났지만, 문학적으로는 정지상이 한 수 위였다는 것이 후대의 일반적인 평가입니다.

비가 갠 뒤에 진한 풀빛이 파릇파릇 솟고 있는 것을 보면, 때는 바야흐로 봄입니다. 남포에서 그대를 보낸다는 것은, 곧 그대가 대동강을 건넌다는 뜻이겠지요. 알다시피 대동강은 북한의 평양을 관통하는 강입니다. "남포"는 평양에서 가까운 곳에 위치한 지역으로, 대동강 줄기는 그곳에도 이어져 있었던 것입니다. 이별하는 상황에서 실제로 노래를 불렀는지는 모르지만, 만약 배경음악으로 흐르는 노래가 있었다면 그 곡조는 필시 구슬펐을 테지요.

그런데 이 작품이 이별시 중의 절창으로 꼽히는 이유는 바로 마지막 두 행 때문입니다. '대동강은 마르지 않는다. 왜냐하면 해마다 이별하는 사람들이 그 강가에서 눈물을 흘리기 때문이다.' 이것이 시적 발상의 핵심이지요. 얼마나 많은 사람들이 해마다 봄이 되면 대동강을 경계로 이별이라는 운명 때문에 갈라서야 했기에, 대동강이 마를 수 없다고 했을까요? 물론 이는 시적 수사입니다. 그러나 우리는 이별을 겪어야 하는 사람들이 그만큼 많다는 것을 알 수 있고, 인간이라면 또 누구나 이별을 겪을 수밖에 없는 존재들이라는 점을 미루어 알 수 있습니다.

이 대목에서 한 가지 우리가 참고해 볼 만한 것은 대동강이라는 이름의 유래입니다. 《보한집》이라고 하는 여러 가지 이야기를 모은 책을 쓴 최자(崔滋)의 시를 보면 다음과 같은 구절이 나옵니다. "여러 물이 모여서 돌아 흐르므로 대동강이라 이름 지었다(洌水所匯名爲大同)." 상상력이 허락된다면, 아마도 대동강에 모여드는 물 중에서 가장 수량이 많은 것이 눈물이 아니었을까 하고 추정을 해 볼 수도 있겠습니다.

간혹 이 시를 두고 시인이 개인적인 이별 체험을 노래한 것이라 보는 경우도 있습니다. 그러나 시인 자신을 해마다 이별을 겪어야 하는 사람이라고 보는 것은 어색합니다. 그 정도면 가히 직업적이라 할 만한데, 당시 거기에 해당되는 사람이라면 기생밖에는 없었을 테지요. 물론 시인이 기생의 처지에 감정을 이입시켜 지은 노래로 본다고 해도, 시적 감동은 충분히 느낄 만합니다.

여기에서 대동강은 많은 사람들이 이별의 눈물을 흘리는 곳입니다. 강 이쪽에 남아야 할 사람과 강을 건너 저쪽으로 가야 할 사람의 운명적인 갈림길, 함께 건널 수 없는 강, 그래서 강물은 헤어짐의 경계선입니다.

대동강이 등장하는 또 하나의 고려가요 한 편을 더 보기로 하지요.

서경이 아즐가
서경이 서울이지마는
위 두어렁셩 두어렁셩 다링디리
새로 닦은 아즐가

새로 닦은 소성경을 사랑합니다마는
위 두어렁셩 두어렁셩 다링디리

이별하기보다는 아즐가
이별하기보다는 차라리 길쌈 베 버려두고
위 두어렁셩 두어렁셩 다링디리
사랑하신다면 아즐가
사랑하신다면 울며불며 쫓아가겠습니다.
위 두어렁셩 두어렁셩 다링디리

구슬이 아즐가
구슬이 바위에 떨어진들
위 두어렁셩 두어렁셩 다링디리
끈이야 아즐가
끈이야 끊어지겠습니까.
위 두어렁셩 두어렁셩 다링디리

천 년을 아즐가
천 년을 외따로 살아간들
위 두어렁셩 두어렁셩 다링디리
믿음이야 아즐가

믿음이야 끊어지겠습니까.
위 두어렁셩 두어렁셩 다링디리

대동강 아즐가
대동강 넓은 줄 몰라서
위 두어렁셩 두어렁셩 다링디리
배 내어 아즐가
배 내어 놓았느냐, 사공아.
위 두어렁셩 두어렁셩 다링디리

네 아내 아즐가
네 아내 음탕한 줄은 모르고
위 두어렁셩 두어렁셩 다링디리
가는 배에 아즐가
가는 배에 내 임을 태웠느냐, 사공아.
위 두어렁셩 두어렁셩 다링디리

대동강 아즐가
대동강 건너편 꽃을
위 두어렁셩 두어렁셩 다링디리
배 타고 들어가면 아즐가

배 타고 들어가면 꺾으오리다.

위 두어렁셩 두어렁셩 다링디리

- 〈서경별곡〉 [고려가요]

다소 길어 보이네요. 길어 보이는 것은 고려가요 특유의 형식적 특성, 즉 '여음구(餘音句)' 때문입니다. 여음구란 노래의 가락을 살리기 위해 첨가된 구절이라는 뜻이지요. 가사의 의미 구성에 관여하지는 않고 음악적 흐름을 위해 배치된 부가적인 장치입니다. 이 노래에서는 "아즐가"와 "위 두어렁셩 두어렁셩 다링디리"가 여음구에 해당됩니다. 고려가요는 확실히 음악적 요소가 두드러진 장르임을 확인할 수 있지요.

의미의 전달 기능만 따진다면, 이렇게 재구성해도 전혀 문제가 없습니다. 우선 "아즐가"가 들어간 각 연의 첫 행과 네 번째 행을 없애고, 그 다음엔 "위 두어렁셩……" 어쩌고저쩌고하는 행을 통째로 없애면 됩니다. 예를 들어, 2연을 간단히 만들면 다음과 같이 되겠지요. 모든 연을 이렇게 처리하면 그다지 길지도 않습니다.

이별하기보다는 차라리 길쌈 베 버려두고

사랑하신다면 울며불며 쫓아가겠습니다.

이런 식으로 재구성해서, 노랫말의 의미를 간단하게 정리해 보면 이렇습니다.

이곳 서경을 사랑하지만, 임이 서경을 떠난다면 길쌈을 버려두고라도 따라나서겠다.

구슬이 바위에 떨어져도 그 끈은 끊어지지 않듯이, 서로 떨어져 살아도 믿음은 끊어지지 않는다.

대동강 넓은 줄을 안다면 배를 내어 놓지 않았을 것을, 무심한 뱃사공아.

네 각시가 바람난 줄은 모르고 내 임을 배에다 태웠느냐.

우리 임은 배를 타고 강을 건너면 건너편 꽃을 꺾을 것이다.

위의 노래를 부르는 화자는, 길쌈을 하는 것으로 보아 여성입니다. 이 노래가 가진 한 가지 흠이라면, 유기성이 좀 떨어진다는 점이지요. 2연에서는 따로 떨어져 살아가도 믿음은 끊어지지 않는다고 해 놓고, 그 뒤에서는 강을 건너는 순간 다른 여자를 만날 것이라고 속 태우고 있으니 말입니다. 그래도 그것을 인간 심리의 이중성이라 이해한다면, 그다지 흠될 것도 없지요. 믿음이 끊어지지 않을 것이라는 일종의 자기 다짐은 심리적 방어 기제로 이해하면 된다는 것입니다.

이 노래에서 대동강이 두 사람의 경계로 등장하는 것은, '서경별곡' 이라는 제목을 고려하면 지극히 당연합니다. 배경이 서울이었다면 한강이 경계였을 테지요. 서경은 개경(개성) 및 동경(경주)과 함께 고려왕조의 3경이었지요. 지금의 평양입니다. 물론 진짜 수도는 개경이었습니다. 서경으로 도읍을 옮기자며 서경 천도를 목표로 난을 일으켰던 일파도 있었지요. 아무튼 대동강은 지류가 많아 여러 지역을 흘러가지만, 적어도 이미지상으로는 그중에서도 평양과 밀접하게 연합된 강입니다. 서울에 한강이 있다면 평양에는 대동강이 있다고 할 정도로 말이지요.

이 노래에서 특히 우리가 눈여겨볼 만한 것은 대동강 이편과 저편이 단지 지리적으로 분할되었을 뿐만 아니라 심리적으로도 격리되었다는 점입니다. 내가 사랑하는 임, 혹은 나를 사랑하는 임도 강을 건너면 다른 여자를 만날 것이라는 진술에 주목할 필요가 있습니다.

임은 강 이편에서는 '나' 를 사랑하지만, 강 저편에서는 다른 여자를 만나서 사랑을 하게 될 것이라고 추측하는 것입니다. 이를 다시 임의 입장에서 보면, 임은 강 이편과 저편에서 이율배반의 심리적 동선을 그린다고 볼 수 있겠지요. 그래서 강물은 지리적인 분할을 바탕으로 심리적인 '분리 불안' 으로 애정 관계를 견인해 간다고 할 수 있습니다.

죽음에 이르는 강물

인간이 겪어야 할 이별은 천태만상입니다. 헤어지는 사람과의 관계를 기준으로 삼으면, 육친과의 이별, 친구와의 이별, 연인과의 이별 등등이 있을 테지요. 또 다른 기준으로 나눈다면, 재회 가능한 이별과 재회 불가능한 이별이 있겠지요. 재회 불가능한 이별도, 영원히 남남이 되는 이별과 영원히 다른 세상으로 갈라지는 이별이 있겠지요. 영원히 다른 세상으로 갈라지는 이별이란, 쉽게 말해 사별(死別)입니다.

사별은 인간이 인간인 한은 필연코 만날 수밖에 없습니다. 누구도 영생을 누릴 수 없으니까 사별은 숙명이라 할 만하지요. 강물이 나와 임을 가르는 경계선이라면, 임의 죽음과 결합된 강물은 아마도 가장 예리하고도 가장 확고부동한 경계선이 아닐까 합니다.

그대여 물을 건너지 마세요
그대는 끝내 건너려 하네요
물을 건너다 휩쓸려 죽으니
내 이를 어찌하란 말이오.

- 〈공무도하가〉 [고대가요]

언제 지어지고 불린 노래인지는 확실하지 않지만, 고구려 2대 임금 유리왕이 지었다는 〈황조가〉와 함께 나란히 우리 시가사의 첫 페이지를 차지하고 있는 〈공무도하가〉입니다. 이 노래의 명칭은 '공무도하(公無渡河)' 라는 노래의 첫 행에서 빌려온 것이고, 일명 〈공후인〉이라고도 합니다. '공후' 라는 악기로 연주를 한 데서 유래했지요.

노래를 짓게 된 사연은 이렇습니다.

'곽리자고' 라는 사공(혹은 '곽리' 마을에 사는 '자고' 라는 사공)이 새벽에 일어나 나루에서 배를 젓고 있었다. 이때 머리가 허옇게 센 미친 사람[백수광부(白首狂夫)]이 머리를 풀고 술병을 끼고 강물 속으로 들어갔다. 그의 아내가 좇으며 막으려 했으나 결국 그는 물에 빠져 죽었다. 이에 그 아내가 공후를 타며 이 노래를 지어 불렀다. 노래가 끝나자 아내도 스스로 물에 몸을 던져 죽었다. 자고가 돌아와 아내 여옥에게 그 광경과 노래를 이야기하니, 여옥이 슬퍼하며 곧 공후로 그 소리를 본받아 탔다. 듣는 이들이 모두 눈물을 흘렸다.

이 노래에 대한 여러 논란은 아직도 미해결인 채로 남아 있습니다. 우리의 노래인가 중국의 노래인가, 작자가 고인의 아내인가 여옥인가, 민요인가 창작 가요인가, 백수광부와 여옥이 실존

인물인가, 아니면 주신(酒神)과 악신(樂神)이라는 신적인 존재인가 등등.

그러나 중요한 것은 여기에 나오는 강물이 임이 빠져 죽은 공간이라는 점입니다. 임이 죽음으로써 아내는 그와 이별을 해야 했고, 그 이별을 받아들일 수 없었기에 자신도 빠져 죽었지요. 강물의 신화적 혹은 종교적 상징이 여기에서도 그대로 재현되고 있습니다.

강물이 죽음의 이미지와 연합하는 이유가 인간은 물속에서 숨을 쉴 수 없기 때문이라 한다면, 지나치게 소박한 발상일 것입니다. 그것은 죽음에 대한 생물학적 이유는 되겠지만, 삶과 죽음의 경계라는 강물의 이미지가 수천 년간 이어져 온 이유까지는 설명하지 못합니다. 이러한 이미지가 굳건하게 굳어진 것은 아마 물속이 어두컴컴하기 때문이 아닐까 합니다. 삶이 백색의 이미지라면 죽음은 흑색의 이미지를 가지고 있잖아요.

뭐락카노, 저 편 강기슭에서
니 뭐락카노, 바람에 불려서

이승 아니믄 저승으로 떠나는 뱃머리에서
나의 목소리도 바람에 날려서

뭐락카노 뭐락카노
썩어서 동아 밧줄은 삭아내리는데

하직을 말자 하직을 말자
인연은 갈밭을 건너는 바람

뭐락카노 뭐락카노 뭐락카노
니 흰 옷자라기만 펄럭거리고……

오냐. 오냐. 오냐.
이승 아니믄 저승에서라도……

이승 아니믄 저승에서라도
인연은 갈밭을 건너는 바람

뭐락카노, 저 편 강기슭에서
니 음성은 바람에 불려서

오냐. 오냐. 오냐.
나의 목소리도 바람에 날려서.

- 박목월, 〈이별가〉

이 시에서 사별한 사람이 누구인지 확연하게 알 수는 없습니다. 그러나 그가 혈육이든 친구이든 연인이든 사랑하는 사람임에는 틀림없습니다. 이 시에서도 강물은 인연을 갈라 놓는 경계입니다. 화자인 "나"와 청자인 "니(너)"는 강을 경계로 이승인 강 이편과 저승인 강 저편에 떨어져 서 있습니다. "나"는 지금 "이승 아니믄 저승으로 떠나는 뱃머리에서" "나"를 향해 외치는 '너'의 말을 들으려 하나, 안타깝게도 "바람에 불려서" 도저히 알아들을 수가 없는 상황에 처해 있지요. "나"의 목소리 또한 바람에 날려서 그에게 이르지 못하고 있습니다. 이는 곧 "나"와 '너'가 도저히 뛰어넘을 수 없는 삶과 죽음의 경계를 사이에 두고 갈라져 있다는 것을 보여 주는 것입니다. '너'와 "나"를 이어 주었던 인연의 끈 "동아 밧줄"이 삭아 내린다는 것도 같은 맥락이지요.

우리는 헤어진 곳에서 다시 만난다

그런데 이 시가 만일 사랑하는 이의 죽음 앞에 서서 그를 그리워하고 한탄하는 데서 끝났다면, 단지 사투리의 질감을 잘 살린 한 편의 범작(凡作)에 머물렀을 수도 있습니다. 이 시가 범작을 뛰어넘는다면, 그 이유는 사랑하는 이의 죽음으로 인한 한탄이 자신의 다짐을 통해 미래에 대한 소망으로 전환되고 있다는 데서 찾을 수 있을 것입니다.

"하직을 말자"라는 말을 되뇌며, 우리의 인연이 "갈밭을 건너는 바람"이 되어 새로운 인연으로 맺어질 거라고 보는 것이지요. 그렇게 하고 보니까 '너'의 "흰 옷자락"도 보이고 어렴풋하게나마 목소리도 들리게 됩니다. "오냐, 오냐, 오냐"라는 반복적 구절은, 죽은 '너'와 살아 있는 "나"가 강물이라는 경계를 넘어 서로 소통하고 있음을 보여 줍니다. 재회, 즉 새로운 인연의 시작에 대한 믿음으로 마무리가 되는 것이지요. 아마도 "나"는 이렇게 생각했을 테지요. '언젠가는 나도 네가 건넌 이 강을 건너 너에게 가게 되리. 그때 다시 이 강에서 우리 만나리.'

그렇습니다. 우리는 강물에서 헤어지지만, 우리가 다시 만나는 곳도 강물입니다. 이별한 곳은 다시 만나는 곳이기도 합니다. 우리가 오늘날 역에서, 버스터미널에서 헤어지지만, 우리가 다시 만나는 곳도 역이나 터미널인 것과 마찬가지로 말입니다.

아우라지 뱃사공아 배 좀 건네 주게
싸리골 올해 동백이 다 떨어진다
떨어진 동백은 낙엽에나 쌓이지
사시장철 임 그리워서 나는 못 살겠네.

- 〈정선 아라리〉 [민요]

〈서경별곡〉에서 뱃사공은 임과 '나'를 격리시키는 사람이었지만, 이 노래에서는 헤어진 임과 '나'를 재회시켜 주는 사람입니다. 마찬가지로 〈서경별곡〉의 강물은 이별의 경계이지만, 이 노래에서는 재회의 공간입니다. 이도 역설이라면 역설이라 하겠지요.

그렇다면 여기서 유추를 하나 시도해 볼까요? 앞에서 우리는 강물의 상징적 의미를 이별과 죽음 두 가지로 나누어 놓을 수 있음을 확인했습니다. 그러면 다음과 같은 표가 하나 만들어집니다.

이제 다시 강물이 이별의 공간이자 만남의 공간이라는 이중성을 가진다는 점에 주목해 보지요. 그러면 다음과 같은 표로 재구성되겠지요.

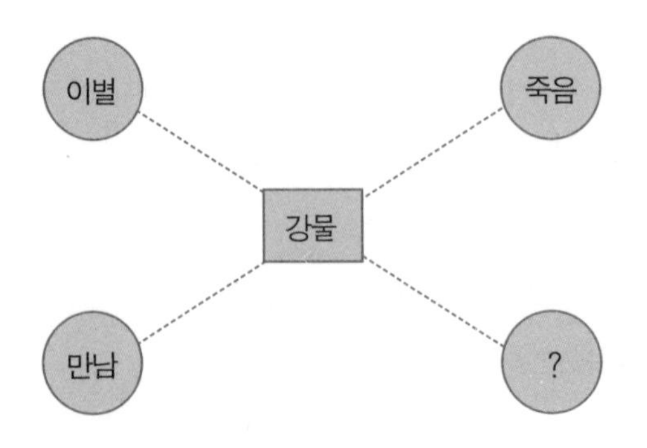

이제 마지막 단계. 위의 표에서 물음표는 어떤 항목이 되어야 할까요? 물론 '탄생'이겠지요. 그렇습니다. 강물이 이별과 죽음의 이중주라면, 이와 나란히 만남과 탄생의 이중주이기도 합니다. 죽음의 공간이 곧 탄생의 공간이라……. 이도 역설이라 할 만하네요.

아기는 양수로 가득한 엄마의 배 속에서 열 달을 머물다가 태어납니다. 기독교의 '세례(洗禮)'도 물로써 새로운 생명을 탄생시킨다는 상징적인 의례입니다. 효녀 심청은 물에 빠졌다가 새로운 생명을 얻어 황후의 지위에 오릅니다. 알고 보면 우리는 이미 강물의 이러한 문화적 상징에 아주 익숙해져 있었던 것입니다.

마지막으로 현대시 한 편. 강물이 죽음의 공간 혹은 이별의 경계임을 기억하면서, 에누리 삼아 읽어 보기로 하지요. 앞에서 읽은 〈공무도하가〉에 등장하는 '백수광부', 그에게 띄우는 연서(戀書)입니다.

늘 먼 곳만 바라보는 사나이
슬픈 노을만 그리워하는 사람
아침부터 술로 온가슴 불지르고
따습고 편한 것은 모두 버리고
흰 머리칼 강 바람에 허위허위 날리며

끝 모를 수심 속으로 빠져 들었네

바람의 혼에서 태어났는가
귀밑머리 풀고 만난
아내의 손목조차 견디지 못해

광풍에 덜미 잡혀 떠도는
백수광부, 고조선 땅 내 애인이여

오늘 서울 어느 골목에서 다시 만나
황홀한 몰락에 동행하고 싶구나

강 건너 그대 아내 땅을 치고 울더라도
눈부신 노을 함께 삼키고 싶구나

- 문정희, 〈술 마시는 남자를 위하여 - 백수광부에게 보내는 연서〉
(《남자를 위하여》, 민음사)

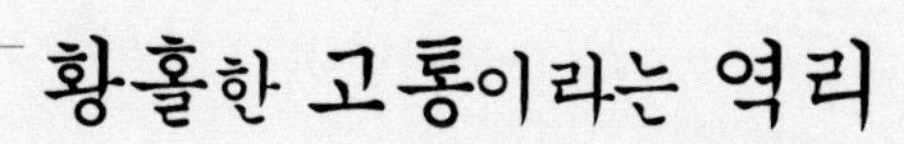

황홀한 고통이라는 역리

우리 현대문학사의 가장 높은 봉우리에 자리하고 있는 소월의 〈진달래꽃〉을 모르는 사람은 별로 없을 것입니다. 오랫동안 국어 교과서에서 부동의 자리를 굳혀 왔고, 대중가요로도 불리었지요. 〈진달래꽃〉은 할아버지도 알고 손자도 알고 있는 우리의 공식 문화입니다. 그것은 전통적인 정서를 녹여 낸 노래이기도 하고, 모국어의 섬세한 결을 드러낸 언어예술이기도 합니다. 또한 이별의 고통을 승화시킨 노래일 수도 있고, 심리적 갈등이 해소에 이르는 과정을 보여 주는 시일 수도 있습니다.

별도의 소개가 필요 없지만, 그래도 다시 한 번 새롭게 음미해 보자는 뜻에서 전문을 옮깁니다.

나 보기가 역겨워
가실 때에는
말없이 고이 보내 드리오리다.

영변의 약산(藥山)

진달래꽃
아름 따다 가실 길에 뿌리오리다.

가시는 걸음걸음
놓인 그 꽃을
사뿐히 즈려 밟고 가시옵소서.

나 보기가 역겨워
가실 때에는
죽어도 아니 눈물 흘리오리다.

- 김소월, 〈진달래꽃〉

대부분의 사람들에게 이 시의 주제가 무엇이냐고 물으면, 아마 십중팔구는 이렇게 대답하지 않을까 합니다. '이별의 정한'이라고. 사랑하는 사람과 헤어지는 한을 노래했다는 것이지요. 우리는 대부분 그렇게 배워 왔고, 그래서 아무런 회의 없이 이별의 정한을 이 시의 주제로 알고 있습니다.

그러나 그런 식으로 이해하게 되면, 이 노래가 지닌 의미의 팽팽한 긴장은 거의 찾아볼 수 없게 됩니다. 만일 이러한 이해가 타당하다면, 이 노래는 그냥 다음과 같은 산문적 진술로 대체될 수 있습니다. '당신이 나를 보기 싫어서 떠난다면, 눈물도 흘리지 않고 고이 보내드리겠다.' 이런 진술이라면, 흔해 빠졌습니다. 우리가 허구한 날 듣곤 하는 대중가요의 노랫말만 해도 이런 식의 진술은 흘러넘칩니다. 그렇다면 이처럼 상투적이고 진부한 말이 왜 전 국민의 애송시가 되었는지를 수긍하기 어렵습니다.

사랑은 황홀한 고통

물론 시적 언어의 묘미를 살리는 독법이 없지는 않습니다. '말없이 고이 보낸다거나 죽어도 눈물을 흘리지 않는다는 말이 진심과는 상반된 것이므로 반어적인 진술이다.' 라는 식의 설명을 한 예로 들 수 있겠지요.

그러나 그렇다고 해도 여전히 이 노래가 품고 있는 삶의 이치 하나는 빠뜨린 게 아닌가 합니다. 그것은 사랑에 빠진 사람의 심리적 모순입니다. 이 노래가 반어적인 진술이라면, 그것은 의도와 표현의 모순 때문이 아니라, 사랑에 빠진 사람의 심리적 모순 때문이라 보는 것이 옳다고 봅니다. 지극한 사랑의 충족감을 겪고 있는 순간에 생기는 고통스러운 가정을 앞세워 사랑의 황홀을 노래하고 있다고 봐야 한다는 것이지요. 이별을 겪는 순간의 아픔을 노래한 것이 아니라는 것입니다.

이유는 1연과 4연의 두 행 "나 보기가 역겨워 / 가실 때에는"에 있습니다. 이 구절은 지금 당신이 나 보기가 역겨워 가려 한다는 현재적 상황에 대한 진술이 아니지요. 만일 나 보기가 역겨워 가실 일이 생긴다면……, 하는 가정법적 진술입니다. 우리는 사랑에 빠져 있는 동안 마냥 행복하기만 한 것은 아닙니다. 그 행복이 깨어질까 봐 걱정도 하게 됩니다. 설마 그럴 리는 없겠지만 혹시라도 그런 일이 생긴다면……, 하는 불안에 떨 수도 있지요. 이것이 사랑의 이치입니다. 현실이 황홀할수록 미래에 닥칠 참담한 운명은 두려운 것입니다. 이를 범박하게 말하면 일종의 환각이라 하겠지요. 사랑이야말로 그래서 황홀한 고통인 셈입니다.

이런 독법에 동의한다면, 〈진달래꽃〉의 정서적 계보는 고려가요 〈가시리〉나 민요 〈아리랑〉이 아니라, 오히려 다음의 노래에 더 밀착되는 게 아닌가 합니다.

큰 나무 그네 매어 임과 둘이 어울리니
사랑이 줄로 올라 가지마다 맺혔어라
저 임아 구르지 마라 떨어질까 하노라.

[시조]

이 시에서는 두 사람이 사랑을 나누는 일을 그네 타는 일로 나타냈습니다. 그넷줄로 사랑이 올라와서 그네를 맨 나무에 가지마다 열매로 맺혔다고 했지요. 이는 시적 화자가 지극한 사랑에 빠져 황홀감을 맛보고 있다는 뜻이겠지요. 그네를 굴러 높은 데까지 올라갔다가 아래로 추락하고 다시 높은 데로 상승했다가 추락하는 그네의 궤도 운동에서 오는 쾌감이 사랑의 쾌감과는 아주 잘 어울립니다. 그네 타는 행위가 남녀 간 성적 교합을 상징하는 것으로 해석되는 경우가 종종 발견되는 것은 아마도 이런 이유 때문일 것입니다. 여기까지는 사랑에 대한 진술로서 뭐, 특별하다 싶은 것은 없습니다. 그저 평범할 뿐이지요.

이 시가 지닌 묘미는 마지막 행에 도사리고 있습니다. 그네를 굴러 궤도 운동의 쾌감이 커질수록 떨어질 위험도 커지는 것이지요. 황홀감의 절정에 다가갈수록 그 절정의 끝에는 허탈감이랄까, 상처랄까, 고통이랄까, 비애랄까, 뭐 이런 것들이 기다리고 있음을 직감하는 것입니다. 이 정도면 대단한 반어(아이러니)라 할 수 있습니다. 그래서 다시 이 시조는 황홀의 절정에 이를수록 고통이 기다리고 있는 사랑의 이치를 〈진달래꽃〉과 공유하고 있음을 확인할 수 있습니다.

이왕 말이 나왔으니, 반어 혹은 아이러니라는 말에 대해서도 좀 더 정확히 알아 둘 필요가 있겠네요. 이 말은 보통 표현하고자 하는 뜻과 그것을 드러낸 표현이 상반된 것을 의미합니다. 시험 성적이 형편없는 아이에게 "공부 참 자알한다."라고 하는 경우가 전형적이지요. 이러한 아이러니를 일러 '언어적 아이러니'라 합니다. 그런데 심층적인 차원에서 아이러니는 추구하는 이상이나 목표와 현실적인 조건이나 상황이 모순된 경우를 의미합니다. 좋은 성적을 얻기 위해 열심히 공부를 했는데 성적이 오히려 떨어진다든가, 달리기 시합에서 이기기 위해 전날 열심히 연습을 했는데, 다리를 다쳐 시합에 나가지 못하는 경우도 모두 아이러니에 해당합니다. 앞에서 말한 '언어적 아이러니'와 구별하여 이를 '상황적 아이러니'라 부릅니다. 현진건의 소설 〈운수 좋은 날〉을 두고 반어적이라 하는 것도, 인력거꾼 김 첨지가 운 좋게 돈을 많이 벌었던 바로 그날, 아내가 죽는 사건이 벌어졌기 때문이었습니다. 사랑의 황홀이 모종의 고통을 동반하는 것을 아이러니라 하는 것도 같은 이치라 할 수 있겠지요.

환청, 발자국 소리를 듣다

사랑의 황홀에 도취된 사람이 이별이라는 운명에 미리 몸을 떨듯이, 이별한 사람은 재회를 기다리며 고통스러운 육신을 추스를 수 있습니다. 사랑하는 이를 기다리는 동안은 아침에 눈을 뜨는 순간부터 잠자리에 드는 순간까지, 아니 잠을 자는 동안에도 온통 '그 사람' 생각뿐이겠지요. 그야말로 한 여자/남자와 이 우주가 맞먹는 무게를 지니는 시간입니다.

이럴 때, 다시 말해 간절히 기다리던 무엇인가가 출현하지 않을 때, 인간이 흔히 경험하는 것이 환각입니다. 착각과 망상, 환청과 환시 현상이 그것입니다.

> 설월(雪月)이 뜰에 찼네 바람아 부지 마라
> 예리성(曳履聲) 아닌 줄을 판연(判然)히 알건마는
> 그립고 아쉬운 적이면 행여 그인가 하노라.
>
> [시조]

때는 겨울입니다. 눈 내린 뜰에 달빛이 가득합니다. 겨울인데 바람이 없을 리 없지요. 화자는 이 바람이 원망스럽습니다. 불필요한 기대를 갖게 만들기 때문이지요. "예리성"이란 말에 주목해 봅시다. 끌 예(曳), 신 리(履), 소리 성(聲)으로 이루어진 말입니다. '신발 끄는 소리', 즉 발자국 소리라는 뜻입니다. 시의 화자가 누군가를 기다리고 있음을 알 수 있습니다. 그러나 그가 이 밤에 찾아오리라 기대하지는 않는 듯합니다. 그런데도 바람이 불어 나뭇가지라도 부러뜨리면, 임이 눈길을 걸어 다가오는 발자국 소리로 들을 수 있다는 것이지요. 환청인 셈입니다.

사립에 개 짖거늘 임만 여겨 나가 보니

임은 아니 오고 명월이 만정(滿庭)한데 가을바람에 잎 지는 소리로다

저 개야 추풍낙엽을 헛되이 짖어 날 속여 어쩌리.

[사설시조]

이 노래에는 개 짖는 소리를 듣고 임이 온 것이라 믿는 상황이 나옵니다. 환청이라기보다는 착각이지요. 그러나 겨울바람에 나뭇가지 부러지는 소리처럼, 가을바람에 잎 지는 소리를 임의 발자국 소리로 들었다면 그것은 환청이지요. 이제 환시(幻視)가 나타난 노래를 한 편 보기로 하지요.

임이 오마 하거늘 저녁 밥을 일찍 지어 먹고

중문(中門) 나서 대문(大門) 나가 문지방 위에 치달아 앉아 손으로 이마 가려 오는가 가는가 건넛산 바라보니 거머희뜩 서 있거늘 저야 임이로다. 버선 벗어 품에 품고 신 벗어 손에 쥐고 곰비님비 님비곰비 천방지방 지방천방 진 데 마른 데 가리지 않고 워렁충창 건너가서 정(情)엣말 하려 하고 곁눈으로 힐끗 보니 작년 칠월 사흗날 갉아 벗긴 주추리 삼대 살뜰히도 날 속이도다

모쳐라 밤일새망정 행여 낮이런들 남 웃길 뻔하도다.

[사설시조]

이 노래를 감상하기 위해서는 몇 가지 낯선 어휘의 뜻부터 알아야겠습니다.

"거머희뜩"은 검은 빛과 흰 빛이 뒤섞인 모양을 말하고, "워렁충창"은 급히 달리는 모양을 말합니다. "곰비님비 님비곰비"는 엎치락뒤치락 하면서 엎어지고 자빠지는 모습을, "천방지방 지방천방"은 너무 급하여 어쩔 줄 모르고 날뛰는 모양을 뜻합니다. "주추리 삼대"는 삼대의 줄기를 한 아름 넘게 묶은 것을 말합니다.

보통 어른 키의 두 배 정도 되는 삼대는 껍질을 벗겨 베옷의 재료로 씁니다. 껍질을 벗긴 가느다란 줄기는 속이 거의 비어 있어 아주 가볍습니다. 물론 흰색이지요.

그러니까 이 노래의 발상은 아주 단순합니다. '멀리 임이 오는 줄 알고 허겁지겁 달려가 보니 작년에 세워 놓은 삼단이었더라. 낮이었다면 누군가가 나를 보고 얼마나 웃었을까?' 그러나 이 노래는 발랄하고 해학적인 사설시조 특유의 생기를 그대로 보여 주고 있습니다.

또한 곁에까지 가서도 여전히 임으로 착각하고 있다가 막상 말을 하려고 살짝 눈길을 주는 순간에 착각임을 아는 장면은 시트콤의 한 장면 같기도 합니다. "정엣말 하려 하고 곁눈으로 힐끗 보니"라는 구절이 이 노래의 정곡이 아닌가 싶습니다. 삼단 옆에서 부끄러워 얼굴을 붉히고 몸을 비트는 장면이 떠오르지 않나요? "있는 대로 보는 것이 아니라 보는 대로 있는 것이다." 라는 말도 있거니와, 환시는 시력의 문제가 아니라 욕망의 문제임을 알 수 있겠네요.

환각의 변증법

사랑에 도취한 사람이 이별을 염려하는 것도 일종의 환각입니다. 멀리 헤어져 있는 사람이 나에게 오고 있다고 믿는 것도 역시 환각이지요. 때마침 우리 민요 중에 그 이치를 한꺼번에 싸잡아 노래한 것이 보이네요.

저 건네라 황새봉에 청실홍실 그네 매네
님과 나와 둘이 뛰어 떨어질까 염려로다
그네 줄은 떨어져도 사랑을랑 떼지 마소.

나중에는 오마더니 오만 말도 허사로다
딸각딸각 끄는 소리 우리 님의 짚신 소리
쌀랑쌀랑 부는 바람 우리 임의 한산 바람.

[민요]

1절은 처음에 만났던 시조와 닮아 있습니다. 사랑이 깨질까 봐 그네를 구르지 말라는 하소연은 복사판입니다. 2절의 신발 끄는 소리와 한산 모시옷 바람은 환청 모티프 그대로입니다. 떠날 때를 염려하는 1절과 돌아올 때를 기다리는 2절이 짝을 맞추어 나란히 어깨를 걸고 있습니다. 아마도 이 노래는 환각이라는 황홀한 고통의 변증법을 고스란히 품고 있는 게 아닌가 싶습니다.

그러나 환각은 환각이되, 어디까지나 이는 인간사의 이치가 뒷받침하고 있다고 봐야겠습니다. 우리가 익숙히 알고 있는 시 구절 하나가 있기 때문입니다. 만해의 시 〈님의 침묵〉에 나오는 구절, "우리는 만날 때에 떠날 것을 염려하는 것과 같이, 떠날 때에 다시 만날 것을 믿습니다."가 그것입니다. '회자정리(會者定離) 거자필반(去者必返)'이라 했던가요? 그렇습니다. 만난 사람은 반드시 헤어지게 마련이고, 떠난 사람은 언젠가는 반드시 돌아오게 마련입니다. 환각은 함께 있는 사람이 떠날 때를 염려하는 데서 생기고, 또 환각은 떠난 사람이 돌아올 때를 기대할 때 생기는 인지상정이 아닐까 합니다.

이제 마지막으로 우리 시대의 한 시인이 기다림이 주는 긴장을 노래한 시 한 편을 보겠습니다. 이 시인이 우리가 앞서 살폈던 노래들을 읽은 후에 이 시를 썼든 읽지 않은 채로 썼든, 이 시는 환각이 누구나 겪을 수 있는 사태임을 보여 줍니다.

네가 오기로 한 그 자리에

내가 미리 가 너를 기다리는 동안

다가오는 모든 발자국은

내 가슴에 쿵쿵거린다

바스락거리는 나뭇잎 하나도 다 내게 온다

기다려 본 적이 있는 사람은 안다

세상에서 기다리는 일처럼 가슴 애리는 일 있을까

네가 오기로 한 그 자리, 내가 미리 와 있는 이곳에서

문을 열고 들어오는 모든 사람이

너였다가

너였다가, 너일 것이었다가

다시 문이 닫힌다

사랑하는 이여

오지 않는 너를 기다리며

마침내 나는 너에게 간다

아주 먼데서 나는 너에게 가고

아주 오랜 세월을 다하여 너는 지금 오고 있다

아주 먼데서 지금도 천천히 오고 있는 너를

너를 기다리는 동안 나도 가고 있다

남들이 열고 들어오는 문을 통해

내 가슴에 쿵쿵거리는 모든 발자국 따라

너를 기다리는 동안 나는 너에게 가고 있다.

착어(着語) : 기다림이 없는 사랑이 있으랴. 희망이 있는 한, 희망을 있게 한 절망이 있는 한. 내 가파른 삶이 무엇인가를 기다리게 한다. 민주, 자유, 평화, 숨결 더운 사랑. 이 늙은 낱말들 앞에 기다리기만 하는 삶은 초조하다. 기다림은 삶을 녹슬게 한다. 두부 장수의 핑경 소리가 요즘은 없어졌다. 타이탄 트럭에 채소를 싣고 온 사람이 핸드 마이크로 아침부터 떠들어대는 소리를 나는 듣는다. 어디선가 병원에서 또 아이가 하나 태어난 모양이다. 젖소가 제 젖꼭지로 그 아이를 키우리라. 너도 이 녹 같은 기다림을 네 삶에 물들게 하리라.

- 황지우, 〈너를 기다리는 동안〉 (《게 눈 속의 연꽃》, 문학과지성사)

정표의 기호학 혹은 심리학

〈춘향전〉에는 춘향과 이도령이 이별을 앞두고 반지와 거울을 주고받는 장면이 있습니다.

춘향이 눈물을 섞어 말합니다.

"도련님 지환(指環) 받으오. 여자의 굳은 마음 지환 빛과 같은지라. 진흙에 묻어 둔들 변할 리가 있으리까. 날 본 듯이 두고 보오."

이도령이 거울을 주며 짝을 맞추어 응답합니다.

"장부의 맑은 마음 거울 빛과 같을지니 날 본 듯이 두고 보아라."

반지와 거울은 자신들의 분신인 셈이니 헤어져 있어도 함께 있다고 생각하며 위안을 삼자는 뜻이겠지요.

우리에게 널리 알려진 구절, "님은 갔지만 나는 님을 보내지 아니하였습니다."라고 읊은 이는 만해 한용운 선생입니다. 이 구절에 대해 우리는, 어떤 시련에도 굴하지 않고 독립 혹은 해방의 그날을 기약하는 선각자의 의지가 반영된 역설적인 표현이라고 배운 바 있습니다. 식민지의 백성으로서 나라보다 더 막

중한 임은 없을 테니, 그런 해석도 온당합니다.

그런데 이를 달리 보면, 이 구절은 이별의 고통을 조금이라도 줄여 보려 했던 소박한 의지가 투영된 표현이 아닐까 싶습니다. 이별을 이별로 인정하되, 재회의 날을 기다리는 태도인 셈이지요. 그것도 아주 신실한 믿음을 품은 채로 말이지요. 떠나간 사람을 '곧', 아니면 '언젠가는' 만날 것이라는 믿음……. 그보다도 더 중요한 것은 그 사람도 여전히 나를 사랑하고 그리워할 것이라는 믿음.

그러나 믿음은 마음속의 일일뿐이어서 언제나 불안감을 동반하게 마련입니다. 그렇다면 그 믿음을 겉으로 드러내서 눈으로 확인하고자 했던 욕구가 생겨날 법합니다. 사랑하던 사람의 사진, 그 사람의 체취가 담긴 소지품, 혹은 둘 사이의 애정을 상징하는 물건이 필요했던 이유입니다. 고려 충선왕이 원나라에 머물러 있다가 임금이 되기 위해 고려로 돌아올 때, 그곳에 남겨두고 올 수밖에 없었던 연인에게 건넨 것은 연꽃이었습니다. 우리가 친구와 이별할 때 조그만 선물을 주고받는 것도 같은 이치겠지요.

춘향과 이도령이 반지와 거울을 주고받았던 것도 마찬가지겠지요. 거울에는 헤어져 있어도 늘 자기만 생각해 달라는 염원이 담겨 있을 것입니다. 서로 떨어져 있는 동안 반지와 거울이 이별의 아픔을 달래 주리라는 기대도 있겠지요.

따로, 그러나 같이

그렇습니다. 반지나 거울이나, 혹은 선물이나 모두 어떤 의미를 지닌 기호입니다. 길거리의 신호등이 차를 보내고 멈추는 기능을 하는 것도 그것이 의미를 지닌 기호이기 때문이고, 좋아하거나 존경하는 사람에게 선물을 하면서 그 마음을 전달하는 것도 그것이 역시 기호이기 때문이지요. 가장 직접적이고 명시적인 기호로야 인간의 언어를 따를 것이 없겠습니다만, 인간은 언어 외에도 아주 다종다양한 기호를 생산하고 향유하고 있습니다.

이쯤 되니 시조 한 편이 떠오릅니다. 이와 비슷한 상황을 담고 있는 노래랍니다.

묏버들 가려 꺾어 보내노라 임에게로
자시는 창밖에 심어 두고 보소서
밤비에 새 잎 나거든 날인가도 여기소서.

- 홍랑 [시조]

이 시조를 읊고 있는 사람은 아마도 이별을 눈앞에 두고 있거나 이미 임이 멀리 떠나가고 홀로 남은 여인인가 봅니다. 이제 막 자신을 떠나려는 임, 아니면 자신을 이미 떠나간 임에게 버드나무 가지를 꺾어 바치는 뜻을 밝히고 있습니다. 설마 버드나무 가지를 꺾는다는 말을 듣고서 이를 자연 파괴 행위라고 비난하는 이는 없을 줄로 압니다. 이 시조에 나오는 버드나무 가지가 춘향의 반지와 이도령의 거울에 해당하는 정표(情標)였겠지요.

실제로 이 시조를 지은 시인은 홍랑이라는 조선 중기 함경도의 기생이었습니다. 자신이 흠모하던 최경창이라는 장군이 서울로 돌아올 때 작별하면서 이 시를 지었다고 하는군요. 기생과 양반의 사귐과 헤어짐이야 당시로서는 흔했던 로맨스였지만, 이후의 사연은 좀 각별한 데가 있습니다. 그것은 기생 홍랑의 무덤이 해주 최씨 가문의 묘지에 있다는 점과 무관하지 않습니다.

3년 동안 소식이 끊어졌다가 최경창이 병석에 누웠다는 말을 듣고 홍랑은 바로 상경합니다. 그러나 이때 명종의 비인 인순왕후(仁順王后)가 죽는 바람에, 기생의 상경이 문제가 되어 최경창은 면직되고 그녀는 귀향하게 됩니다. 최경창은 이후에 객사를 했다고 하는데, 그는 파주 지역에 묻히게 됩니다. 홍랑은 그의 무덤 옆에 묘막을 짓고 조석으로 음식을 올리며 무려 9년간이나 시묘를 살았다고 합니다. 물론 최경창의 가족들 몰래 말이지요. 그러던 가운데 임진왜란이 일어나고 홍랑은 최경창이 남긴 시고(詩稿)를 챙겨 들고 피난을 떠납니다. 그 후 홍랑이 죽자 완고한 해주 최씨 가문에서 홍랑의 절개를 가상히 여겨

최경창 부부의 합장묘 밑에 그녀의 무덤을 만들어 주었다고 합니다.

임을 향한 홍랑의 마음이 이 정도였다면, 단순히 풍습을 따라 묏버들을 가려 꺾어 보낸 것이 아님도 알겠고, 창밖에 심어 두고 날인가 여겨 달라는 부탁도 무의미한 인사치레가 아님도 알겠습니다. 확인할 수는 없지만, 그 버드나무는 아마도 무럭무럭 자라나서 해마다 푸른 버들잎을 봄바람에 맡겨 부드러운 율동을 만들어 냈겠지요.

그런데 허다한 나무 중에서 왜 하필 버드나무가 이별의 정표로 선택되었을까요? 여기에는 나름대로 이유가 있습니다. 버드나무는 꺾꽂이가 쉽다고 합니다. 아무 곳에 심어도 곧잘 뿌리를 내린다고 하네요. 그러니 버드나무 가지를 꺾어 주는 데는, 그 생명력을 닮아 우리의 사랑도 시들지 않기를, 하는 소망이 담겨 있는 셈이지요. 실제로 옛날에는 이별에 임하여 버드나무 가지를 꺾어 주던 풍습이 있었다고 합니다. 이를 가리켜 '꺾을 절(折), 버들 류(柳)'를 써서 '절류'라고 한답니다. 옛사람들이 쓴 한시나 시조를 읽다가 버드나무가 소재로 등장하는 것을 보면서, 이는 곧 이별 혹은 재회, 그리움의 정서와 관련이 깊다고 추정하면 십중팔구 옳은 판단입니다.

그러고 보면 함께 있어도 헤어진 사람이 있는가 하면, 헤어져 있어도 함께 있는 사람도 있는 셈이지요. 같은 공간에서 함께 있어도 그에게 관심도 흥미도 없다면 헤어진 것이나 마찬가지요. 서로 다른 공간에 있어도 그의 일상이 궁금하고 그의 행방이 관심사라면 함께 있는 것과 같습니다.

송강 정철도 어느 가사 작품에서 다음과 같이 노래했습니다. "매화"가 버드나무를 대신하고 있지만, 그 뜻은 다를 바가 없는 셈이지요.

> 동풍이 잠깐 불어 쌓인 눈을 헤쳐 내니
> 창밖에 심은 매화 두세 가지 피었구나
> 가뜩 냉담한데 암향(暗香)은 무슨 일인고
> 황혼 뒤에 달이 따라와 베갯머리 비치니
> 느끼운 듯 반기는 듯 임이신가 아니신가
> 저 매화 꺾어 내어 임 계신 데 보내고저
> 임이 너를 보고 어떻다 여기실꼬.
>
> - 정철, 〈사미인곡〉 [가사]

아, 그런데 혹 영원한 사랑을 믿는지요? 영원한 사랑, 누구나 그런 사랑을 꿈꾸지요. 그러나 그 꿈은 현실화되지 않습니다. 절대로 현실화되지 않습니다. 그러니까 그것은 영원히 인간의 꿈일 따름입니다. 시인들은 이런 이치를 놓칠 리가 없습니다.

한 칸 두 칸 부쇠 쌈지 임으야 주신 정표련가
말굴레 같은 은가락지 총각아 주시던 정표련가
수건 수건 반포 수건 임 주시던 반포 수건
수건 귀가 떨어지면 이내 맘도 떨어지네.

[민요]

이 노래에서는 수건이 정표였습니다. 그러나 수건도 귀가 떨어질 수 있고, 그리하여 마음도 떨어질 수 있음을 고백하고 있습니다. 수건이 영원할 수 없는 물건이듯이, 임을 그리워하고 사랑하는 마음도 영원할 수 없는 법이지요.

정표의 모순

이쯤 되면 우리는 자연스럽게 다음과 같은 역설을 하나 발견하게 됩니다. 반지든 거울이든 혹은 버드나무 가지이든, 그것이 영원한 사랑의 정표라면, 그것은 사랑의 변질 가능성을 전제로 성립되는 상징이라는 역설. 헤어진 뒤 상황에 따라 마음이 변할 수 있으니 그것을 경계하려는 의도가 숨어 있는 것이지요. 반지에도 때가 낄 수 있고, 거울에도 먼지가 낄 수 있으며, 꽃도 버드나무도 시들 수 있는 법이지요.

최기남의 〈원사(怨詞)〉라는 한시에는 이런 구절도 있네요.

저에겐 꽃무늬 거울 하나 있지요
당신이 처음 주시던 때를 기억해요
당신은 가고 거울만 남아 있어요
다시는 얼굴을 비추지 않으니까요.

▩ 원사 (怨詞)

妾有菱花鏡 (첩유능화경)
憶君初贈時 (억군초증시)
君歸鏡空在 (군귀경공재)
不復照蛾眉 (불부조아미)

- 최기남

이 시의 화자는 그리움을 조금이라도 달래려고 거울 보는 일을 삼갔겠지요. 거울을 볼 때마다 임이 불쑥불쑥 환영으로 떠올랐을 테니까요. 그런 사람이 원망스럽기도 했겠지요. 제목부터가 '원망의 말'인 것을 보면, 자신을 남겨 두고 떠난 임을 그리워하다 생겨난 마음의 고통이 얼마나 큰지를 짐작해 볼 수 있겠습니다. 모르긴 해도, 이제 거울에도 먼지가 앉고 때가 끼겠지요. 그렇게 되면 맑은 거울 같은 마음에도 잡스러운 생각들이 먼지처럼 내려앉게 될 것입니다.

그러면 그런 사랑은 꿈도 꾸지 말아야 할까요? 그것은 아니겠지요. 그런 사랑을 꿈꿀 수조차 없다면 그것은 또 얼마나 건조한 삶일까요? 그렇다면 불가피하게 이별을 눈앞에 두고 있을 때, 무엇으로 정표를 삼을지를 생각해 둘 일입니다.

아, 그러면서도 이런 말이 별로 절실하게 느껴지지 않는 것은 무엇 때문일까요? 아마도 우리 시대에는 새로운 사랑법의 등장으로 이런 정표가 필요 없을지도 모르겠다는 추측 때문입니다. 여기에서 잠정적으로 공간적인 격리를 헤어짐이라 하고, 심리적인 단절을 이별이라 한다면, 우리는 헤어짐은 있어도 이별은 없는 시대에 살고 있다 하겠지요. 서로 떨어져서도 끊임없이 상대방의 목소리를 들을 수 있고, 살아가고 있는 풍경을 감지할 수 있으니까요. 게다가 이별이라는 말은 관계의 파탄이라는 말과 동의어로 쓰이고 있는 시대이기도 하지요. 그래서 잠깐의 헤어짐이든 영원한 이별이든 간에, 우리는 거기에서 일절 여운을 가질 수 없는 불행을 겪고 있다고도 할 수 있습니다.

사랑의 기하학 혹은 물리학

사랑의 황홀에 빠진 사람들이나, 이별의 기로에 선 사람들이나, 이별 후에 옛사랑을 그리워하는 사람들이나, 혹은 새로운 사랑을 찾아 헤매는 사람들이나, 누구든 가릴 것 없이 모든 사람들은 사랑이 무엇인지 궁금히 여깁니다. 무엇 때문에 자신이 환희에 차게 되는지, 아니면 자신이 고통스러운 이유가 무엇인지 하는 질문 등등이 모두 사랑의 정체에 대한 의문으로 귀결됩니다.

그래서 모든 사람들은 사랑이 무어냐고 묻습니다. 어떤 이는 눈물의 씨앗이라 말했고, 어떤 이는 전쟁이라 했고, 어떤 이는 폭군이라 했습니다. 또 어떤 이는 기적이라 했고, 어떤 이는 신의 선물이라 했습니다. 그러나 사랑을 정의하기란 인생을 정의하는 일만큼이나 어려운 듯합니다. 제각기 다른 인생을 살기에 사람들마다 인생의 의미가 다르듯, 사랑도 제각기 하는 일이라 한마디로 정의하는 일이 쉽지는 않겠지요.

사랑의 정체는 역설에 있다

그래서일까요? 사랑은 대체로 역설로 정의되는 경향이 있더군요. 모순된 두 개의 속성을 골고루 갖추고 있다는 데 대부분의 사람들은 동의를 하는 것이지요. 사랑에는 불과 물이 함께 있고, 천당과 지옥이 나란히 있고, 격렬한 싸움과 아늑한 평화가 동시에 있으며, 단맛과 쓴맛이 공존합니다. 더 오묘한 것은 두 개의 속성이 서로 상대의 성립 조건이 된다는 데 있습니다. 그래서 어떤 이는 이렇게 말했습니다.

"사랑의 고뇌처럼 달콤한 것은 없고, 사랑의 슬픔처럼 즐거움은 없으며, 사랑의 괴로움처럼 기쁨은 없고, 사랑에 죽는 것처럼 행복은 없다."

사랑이 시적으로 형상화되기 알맞은 이유는 아마도 이런 모순으로 인한 역설 때문이 아닌가 싶습니다. 역설은 그 자체로 시적으로 보이니까 말입니다. 그래서 이번에는 "사랑, 그것이 알고 싶다."라고 외치는 사람들의 노래를 엮어 봤습니다. 어떤 이는 넓이로, 어떤 이는 길이로, 어떤 이는 양으로 재 보려 했더군요.

구만리 너른 하늘 사방을 펼작시면
길거나 짧거나 일정 한이 있으려니와
아마도 임의 사랑은 끝없는가 하노라.

[시조]

아마도 사랑의 황홀에 도취한 사람의 노래인 듯이 보입니다. 하늘도 사방을 펼쳐 보면 어쨌든 끝이 있겠지만, 임의 사랑은 끝이 없다고 합니다. 결국 임의 사랑은 하늘보다 더 넓다는 뜻이 나옵니다. 그야말로 천문학적인 넓이입니다. 하늘보다 넓은 사랑이 어떻게 실현되는지는 모르겠습니다만, 눈에 보이지 않는 사랑을 측정하는 일은 불가능합니다. 그래도 사랑에 빠진 사람은 그 사랑의 폭이 얼마나 되는지 궁금해질 수밖에 없습니다. 여기에서는 사랑을 '넓이'로 측량하려 하고 있습니다.

사랑 사랑 긴긴 사랑 개천같이 내내 사랑
구만리 장공에 늘어지고도 남는 사랑
아마도 임의 사랑은 끝없는가 하노라.

[시조]

발상은 같습니다. 구만리 하늘에 쫙 펼쳐 놓아도 넉넉하게 남는 것이 임의 사랑이라 했습니다. 여기에서도 사랑은 역시 넓이로 측량되려 하고 있습니다. 다만 "긴긴 사랑"과 "내내 사랑"이 짝을 이루면서 훨씬 더 부드러운 느낌을 전해 주고 있다는 점이 주목됩니다. 사랑이라는 주제와 잘 어우러지는 표현이 아닌가 싶습니다. 이제 이 정도 되면 사랑은 길게 길게 이어지는 선적인 이미지로 형상화되는 경향이 있음을 알 수 있겠지요. 넓이를 이루는 '길이'가 동시에 나타나고 있는 셈입니다. 아래의 노래에서도 마찬가지입니다.

사랑 사랑 고고히 맺힌 사랑 온 바다를 두루 덮는 그물같이 맺힌 사랑
왕십리라 답십리 참외 넝쿨 수박 넝쿨 얽어지고 틀어져서 골골이 뻗어 가는 사랑
아마도 임의 사랑은 끝 간 데를 몰라라.

[사설시조]

첫 번째 행에서는 "온 바다를 두루 덮는"다고 했으니 넓이가 관심사이고, 두 번째 행에서는 길이가 관심사입니다. 두 번째 행에 등장한 "왕십리"나 "답십리"를 지리적 정보로 읽지 않는 것이 더 좋을 듯하네요. "왕십리"는 '갈 왕(往)'에 '십 리'가 더해진 말이고, "답십리"는 '밟을 답(踏)'에 '십 리'가 더해진 말입니다. 그러니까 이 두 시어에서는 '십 리'라는 거리가 중요한 정

보입니다. '십 리' 나 되는 길이를 드러내고자 했던 의도 때문에 선택된 것일 뿐, 실제의 행정구역을 나타내는 지명으로서는 특별한 의미가 없습니다. 혹 왕십리와 답십리에서 나는 특산물이 참외와 수박이라 하더라도 그런 사실적 정보 때문에 이런 표현이 구사되었다고 보기는 어렵겠지요.

아울러 여기에서는 넝쿨이 얽어지고 틀어져 있다는 대목이 묘한 에로틱한 분위기를 자아내고 있음도 지적하고 넘어가야겠네요. 이 구절에서 남녀의 육체가 서로 엉겨 붙어 있는 영화의 한 장면이 연상된다면 상상력의 과잉이라 해야 하나요? 설혹 과잉이라 해도 좋습니다. 어쨌든 최소한 그런 상상력의 한 단서로는 인정될 만하니까 말입니다.

사랑에 대한 식물학적 상상력

지금까지 감상해 본 노래들에서는 한결같이 임의 사랑은 결국 측량 불가라는 결론을 내리고 있습니다. 그 정도로 어마어마한 사랑의 길이와 넓이에 감동하고 감탄하고 있는 것이지요. 그러니 사랑의 황홀에 도취된 사람들은 이처럼 삶의 한 극단을 경험하고 있다고 보아도 좋겠습니다.

이제 앞의 노래와는 좀 다른 이미지로 사랑의 형상을 그려 내는 노래들을 살펴보도록 하지요. 아래의 노래는 바로 앞의 노래와 비슷하면서도 조금 다른 형상으로 사랑을 그리고 있습니다.

사랑이 어인 것이 싹 나며 움 돋느냐
장안 백만 집집에 뻗쳐지기도 졌구나
아무리 풀려 하여도 못다 풀까 하노라.

[시조]

사랑에 싹이 나고 움이 돋았다 했습니다. 사랑을 어떤 식물로 보고 있는 셈이지요. 자세한 식물학적 분류로는 알 수 없으나, 집집마다 뻗쳐 나간 것으로 보아 적어도 덩굴식물이라는 점은 알 수 있겠네요. 그런데 정작 중요한 것은 풀려고 해도 못다 푼다는 진술입니다. 풀 수 없다고 했으니까 그건 단단히 얽혀 있기 때문이라 봐야겠지요. 뻗쳐 있다는 말과 푼다는 말은 짝이 될 수 없으니까요. 그렇다면 무엇이 얽혀 있다는 것인가요? 혹 마음이 얽혀 있는 것으로 보아도 잘못은 아니겠습니다만, 아무래도 육체가 얽혀 있다고 보는 것이 정직한 눈이 아닌가 싶습니다. 그렇다면 이 노래는 에로티시즘이라는 상상력의 동선을 앞의 노래와 공유하고 있다고 보아도 무방할 듯합니다.

위의 노래들에서 한결같이 느껴지는 것은 사랑의 황홀감입니다. 그러나 사랑은 언제나 황홀만을 주는 게 아니지요. 바로 그 황홀 때문에 사랑은 사람에게 고통을 주기도 하는 법. 오히려 사랑의 황홀보다 사랑의 고통을 읊은 노래가 더 많은 것은, 사랑은 고통스러울 때 더 역설적이고 그래서 더 시적이기 때문일 것입니다. 사랑에서 황홀이 온다는 것은 상식에 가깝지만, 사랑으로 인해 고통을 겪는다는 것은 지극히 역설적인 섭리로밖에는 이해될 수 없는 것이지요.

사랑에 대한 물리학적 상상력

그렇다면 이제 사랑의 고통을 노래한 작품들을 살펴볼 차례로 자연스럽게 넘어갑니다.

> 사랑이 어떻더냐 둥글더냐 모나더냐
> 길더냐 짧더냐 밟고 남아 재겠더냐
> 각별히 긴 줄은 모르되 애끊을 만하더라.
>
> - 이명한 [시조]

사랑이 무어냐고, 누군가가 묻는다면, 어떻게 대답하겠습니까? 위의 노래에서 시인은 애를 끊을 만하다고 최종적인 결론을 내립니다. 그러나 정작 중요한 것은 그 결론이 아닙니다. 사랑은 둥글기도 하고 모가 나 있기도 합니다. 부드러운 곡선이기도 하고 날카로운 직선이기도 하지요. 그때그때 다른 형상으로 다가설 따름이지요. 어떤 이에게는 부드러운 직선이기도 하고, 또 어떤 경우에는 날카로운 곡선이기도 하겠지요. 또한 길기도 하고 짧기도 합니다. 사랑은 도착선을 통과하면서 끝나는 달리기 시합이 아니어서, 끝이 나도 끝없이 이어지는 마력을 가졌습니다. 얼마나 계속 이어지는지는 자로도 측정할 수 없는 법이지요. 누구에게는 평생 동안 품고 가는 추억으로 남기도 하니까 말입니다. 그러니 아무리 짧은 사랑도 짧다고 할 수 없는 셈입니다. 사랑의 기하학은 이처럼 모순 투성이입니다.

위의 노래 마지막 행에 표면적으로 드러나 있는 뜻을 해석하기란 어렵지 않습니다. 특별히 길지는 않지만 애를 끊을 만큼 고통스럽더라, 이렇게 읽으면 무난하리라 봅니다. 그러나 좀 더 시적 긴장감을 느낄 수 있는 방향으로 표현을 하자면, 이렇게 바꾸어 볼 수 있지 않을까 합니다. "사랑은 너무나 길어서 애를 끊더라."

사랑을 날날이 모아 말로 되어 섬에 넣고
크고 힘센 말에 허리 추켜 실어 놓고
아이야 채 한번 질러라 임의 집의 보내자.

[시조]

이 노래에서는 이제 길이 대신 부피 혹은 중량 개념으로 사랑을 보고 있습니다. “말”과 “섬”은 곡식을 세는 단위이자 그것을 담는 그릇을 가리킵니다. 열 되가 모여 한 말이 되고 열 말이 모여 한 섬이 되지요. 한 되는 열 홉인데, 한 홉은 대략 사람의 손에 가득 채운 양입니다. 서양식 단위로 환산하면 한 되는 약 1.8리터라고 하네요. 그러나 정확한 물리적 부피와 무관하게, 사랑이 한 섬이 된다고 했으니 쌀에 견주어 봐도 백 되 분량임을 알 수 있습니다. 그러니 말(馬)을 동원할 수밖에요. 사람의 힘으로 감당하기는 어려우니까요.

그런데 아니나 다를까, 자신이 직접 지고 가려 하는 사람도 있네요.

> 사랑을 찬찬 얽동여 뒤짊어지고 태산준령을 허위허위 넘어갈 제
> 그 모른 벗님네는 그만하여 버리고 가라 하건마는
> 가다가 눌려서 죽을망정 나는 아니 버리고 갈까 하노라.
>
> [사설시조]

사랑이 헝클어져 있었던 모양입니다. “찬찬 얽동”인다는 말이 있는 것을 보면 말이지요. 어쨌든 등에 짊어질 짐은 되도록 단정하게 싸야 되겠지요. 임과 나는 아주 높은 산을 경계로 갈라져 있었던 모양입니다. “태산준령”을 넘어가야 한다는 말로

보면 말입니다. 사정도 모르는 사람들이 무거운 짐을 굳이 짊어지고 가는 사람을 말리고 있습니다. 그러나 그 짐을 버리면 무엇이 남는단 말입니까? 사랑은 내가 임에게 가는 유일한 이유인즉, 사랑을 버릴 수는 없는 법이지요. 혹 그 사랑의 무게에 내가 짓눌려 죽는다 하더라도 그렇습니다.

그런데 헤어져 있는 임에게 사랑을 짊어지고 간다는 것은 무슨 뜻일까요? 내가 당신을 얼마나 사랑하고 있는가를 입증시키고자 하는 목적인가요, 아니면 이제 나를 고통스럽게 하는 사람이기에 당신이 나에게 준 사랑이 필요 없으니 전부 다 가져가라는 것인가요? 판단이 쉽지 않은 의문입니다.

사랑은 이렇게 길고 짧고, 혹은 둥글고 모난 형상이기도 했고, 부피와 무게를 가진 물질이기도 했습니다. 사랑의 정체성은 철학적으로만 탐구될 수 있었던 것이 아닌 모양입니다. 천문학적으로도, 기하학적으로도 궁금하고, 식물학적으로도, 물리학적으로도 궁금한 대상이었던 셈입니다. 그래도 여전히 사랑의 정체는 누구에 의해서도 밝혀질 수 없습니다. 인생이 무엇인지를 알기 어려운 만큼이나 사랑도 여전히 자기 정체를 드러내지 않는 것입니다.

사랑의 커뮤니케이션은 게임이다

아주 오래전에 어느 지인에게 들은 이야기입니다. 세상에는 두 가지 부류의 연인이 있다고 합니다. 서울에서 부산까지 기차를 타고 가면서 말 한마디 없어도 전혀 어색하지 않은 한 쌍과 그 시간 내내 화제가 끊어지지 않는 한 쌍. 이런 연인들이 실제 있을까 하고 의문을 품는 것도 어리석지만, 어떤 연인들이 더 깊은 사랑을 하고 있는지를 묻는 것도 우문입니다. 사랑하는 사람과 함께라면 이야기를 나누는 것도 즐겁고 침묵 속에서 교감하는 것도 즐거운 법이니까요.

이번에는 침묵을 포함하여 연인들이 애증의 감정을 주고받는 커뮤니케이션의 방식을 담고 있는 노래들을 감상해 볼까 합니다. 사람들 사이에서 말은 진심을 전달해 주기도 하고 반대로 오해를 불러일으키기도 합니다. 침묵은 상대방에 대한 불평의 표시이기도 하지만, 경우에 따라서는 천 마디 말보다 더 빛날 수도 있습니다. 사람들 사이에서는 또 마음에 담긴 뜻과 정반대의 말이 전달되기도 하고, 의도적으로 거짓을 말하기도 합니다. 사랑하는 사람들 사이에서는 이런 커뮤니케이션의 방식들이 특히 선명하게 드러납니다. 모든 언어가 게임이지만, 연인들 사이의 대화야말로 긴장감이 가장 높은 게임이기 때문입니다.

거꾸로 말하기, 뒤집어 알아듣기

이제 긴장감 높은 언어 게임 중 의도된 거짓말, 즉 속마음에 담긴 뜻과 상반된 말을 하는 경우를 보기로 하지요.

임이 가려 하거늘 성난 결에 가라 하고
가는가 마는가 창틈으로 엿보네
눈물이 샘솟듯 하니 문풍지 젖어 못 볼러라.

[시조]

둘은 아마 밀회를 즐긴 모양입니다. 시간이 두 사람의 밀회를 더 이상 허락하지 않았는지, 혹은 약간의 말다툼이 있었는지, 한 사람이 간다고 한 모양입니다. 더 오랜 시간 동안 같이 있고 싶었는데 그만 그 말에 화가 난 듯싶습니다. 그래서 갈 테면 가라고 했습니다. 설마 정말로 가기야 하겠는가 하고 말입니다. 그러니까 이 말은 의도적인 거짓말이었습니다. 그런 점에서 이를 우리는 '설마의 수사학'이라 이름을 붙일 수 있겠지요.

그러나 어쨌든 시인은 곧 후회하게 됩니다. 임이 정말 떠나고 말았으니까요. 가는 척하다가 다시 방으로 들어올 줄 알았는데 정말로 가고 마네요. 물론 그때 흘린 눈물이 후회의 눈물만은 아닌 듯합니다. 가라고 한 자신의 말 때문에 임이 간 것은 아닐 테니까요. 그래도 가라고 한 말을 핑계 삼아 간 임이 야속하기는 마찬가지겠지요.

어져 내 일이여, 그릴 줄을 모르던가
있으라 했다면 가랴마는 제 구태여
보내고 그리는 정은 나도 몰라 하노라.

- 황진이 [시조]

여기에서도 유사한 상황이 나타나고 있습니다. 임이 내 곁을 떠나가게 되면 당연히 그가 그리워질 텐데 그것마저 예상하지 못한 채 가라고 한 모양입니다. 물론 이 시인도 가라고 한다고 해서 임이 갈 거라고는 생각하지 못했을 수 있겠지요. 설마 임이 가겠는가 하고 한 말인데 결국 자기 말대로 임이 떠나 버린 것이지요. 이 역시 '설마의 수사' 입니다.

그런데 이 노래의 묘미는 "제 구태여"라는 구절에 있습니다. 이 구절은 바로 앞에 나오는 "가랴마는"과도 어울리고, 뒤에 나오는 "보내고"라는 말과도 어울릴 수 있습니다. 만일 앞의 말과 어울리면 이렇게 연결됩니다. '있으라고 했으면 자기가 구태여 갔겠는가마는.' 그리고 "보내고"와 어울리면 이렇게 연결됩니다. '내가 구태여 보내고 그리워하는 정은 나도 몰라 하노라.' 양쪽으로 다 걸리는 "제 구태여"라는 이 한 구절이 결국엔 시인이 겪은 이별이 서로 원하지 않은 이별이었음을 알려 주고 있습니다. 두 사람이 사랑의 게임을 했다고 본다면, 둘은 모두 패배한 것으로 볼 수도 있겠지요. 거꾸로 말한 것을 뒤집어 알아들었다면 둘 다 승리했을 테지요.

인간의 대화를 게임으로 보는 것은 말하는 사람과 말을 듣는 사람 사이에 메시지의 주고받음이 있기 때문입니다. 축구 시합에서 축구공을 주고받듯이 대화에서는 뜻을 주고받습니다. 말을 하는 사람은 자신의 뜻을 상대방이 정확하게 파악해 주기를 바라고, 말을 듣는 사람은 자신이 파악한 뜻이 말한 사람의 의도와 일치하기를 기대하는 법이겠지요. 그러나 말하는 사람과 말을 듣는 사람 사이에 의사소통이 항상 성공하는 것은 아닙니다.

왜냐하면 인간의 언어는 뜻을 전달하는 기능이 완벽하지 못하기도 하고, 경우에 따라서는 의도적인 거짓과 과장이 동반되기도 하기 때문입니다. 축구 경기라면 선명한 라인이 있어 아웃 여부도 쉽게 파악할 수 있고, 골네트가 있어 골인 여부도 쉽게 확인할 수 있지만, 언어는 절대로 그렇지 못합니다. 인간의 대화가 생각보다 어려운 게임이 되는 것은 바로 이러한 이유 때문입니다.

앞의 두 노래에 비하면 다음 노래의 화자는 그러한 게임이 실패로 끝날 가능성이 크다는 것을 잘 알고 있는 듯합니다. 아예 게임에 돌입하지 않으려 하는 것이지요.

콩밭에 들어 콩잎 뜯어 먹는 검은 암소 아무리 이랴 하고 쫓은들 제 어디로 가며

이불 아래 든 임을 발로 툭 박차 미적미적하면서 어서 가라 한들 날 버리고 제 어디로 가리

아마도 싸우고도 못 잊을 건 임이신가 하노라.

[사설시조]

상황은 앞의 두 노래와 비슷하지만 여기에서는 임에게 가라는 말을 아예 하지 않습니다. 물론 그런 말을 하지 않는 이유는 앞의 경우와 정반대입니다. 가라고 하면 갈 것 같아서 그런 말을 하지 않는 게 아니고, 가라고 하더라도 가지 않을 사람임을 알고 있기 때문에 그러는 것이지요. 그러니까 이 노래의 화자는 게임의 승부를 이미 알고 있는 셈입니다. 결과 혹은 승부가 예정된 게임은 재미가 없는 법, 그래서 아예 게임을 벌이지 않은 것이지요.

그래도 이 노래가 흥미로운 것은 유추의 수사법 때문입니다. 유추를 통해 '암소=임'의 관계가 성립됩니다. 자연스럽게 '콩밭=이불 아래'가 됩니다. 그러면 "콩잎"에 상응하는 항목은 무엇일까요? 문면에 드러나지는 않았지만 노래를 부르는 화자 자신이겠지요. 바로 이런 유추로 인해 심각한 상황이 해학적으로 풀려 나오고 있는 바, 이런 게 또 사설시조의 일반적인 특징 중 하나이기도 합니다.

가시리 가시리잇고
버리고 가시리잇고
날러는 어찌 살라 하고
버리고 가시리잇고
붙잡아 두고 싶지만
서운하면 아니 올세라
서러운 임 보내옵나니
가시는 듯 돌아오소서.

- 〈가시리〉 [고려가요]

유명한 고려가요 중의 하나인 〈가시리〉입니다. 이 노래에는 언어 게임이 잘 드러나지는 않습니다. 그런데 침묵도 매우 강력한 언어 게임의 전략임을 안다면, 이 노래에 게임이 없다고 할 수는 없겠지요. 특히 5행과 6행에 주목해 볼까요? 애원하며 붙잡아 두고 싶지만 혹 그것이 자신을 못 믿어서 그러는가 하고 서운해할까 봐 침묵을 지키며 그냥 보낸다는 뜻을 읽어 낼 수 있습니다. 그러니까 여기에서는 침묵이 오히려 더 강력한 애원이 될 것이라 믿는 화자의 게임 전략이 개입되어 있는 것입니다.

오해와 진실 게임

이제 '하는 거짓말'이 아닌 '듣는 거짓말'에 대한 노래를 보겠습니다. '하는 거짓말'이 자신의 의도에서 출발한다면, '듣는 거짓말'은 대체로 자신에게 고난을 가져다주는 경향이 있습니다. 사람들 사이에 불필요한 오해가 생기면 불필요한 에너지를 낭비하게 됩니다. 진실이 밝혀질 때까지 그 오해는 사람들을 이간질시키고 서로 다투게 하고 미워하게 만듭니다.

조그만 실뱀이 용의 꼬리 담뿍 물고
높은 산 험한 고개 넘는단 말이 있습니다
왼 놈이 왼 말을 하여도 임이 짐작하소서.

[시조]

종장이 이런 구절로 구성된 노래는 이 밖에도 꽤 많이 있습니다. 그러나 내용은 거의 다 같습니다. 이 노래에서 "왼 놈"이 하는 "왼 말"이란 출처가 불분명한 허황된 소문이겠지요. 시인의 관심은 자신과 관련된 온갖 소문 혹은 모함이 허황된 날조에 불과하다는 것을 밝히고, 이를 통해 임과의 관계를 회복하는 데 있습니다. 이를 위해 동원된 수사는 두 이야기 나란히 놓기입니다. 앞에 놓인 이야기는 자신과 관련된 추문과 직접적인 관련이 없습니다. 다만 그 추문과 동격을 이룰 만한 이야기를 제시함으로써 해명을 위한 노력은 완성됩니다. 조그만 실뱀이 용의 꼬리를 담뿍 물고 높은 산과 험한 고개를 넘어가는 일이 불가능한 일인 것처럼, 자신이 저질렀다는 언행도 있을 수 없는 일이라는 논리가 성립되는 것이지요.

대천 바다 한가운데 중침 세침 빠졌는데
여남은 사공놈이 끌 무딘 상앗대를 하나같이 둘러메고 일시에 소리치고 귀 꿰어 냈단 말이 있습니다.
임아 임아 왼 놈이 왼 말을 하여도 임이 짐작하소서.

[사설시조]

이 노래에 나온 이야기도 마찬가지입니다. 바닷물에 바늘이 빠졌는데 열 명 남짓한 사공들이 제각기 상앗대(물이 얕은 곳에서 배를 밀고 갈 때에 쓰는 장대)를 제각기 둘러메고 동시에 바늘귀를 꿰어 냈다는 말이 거짓인 것처럼, 자신에 대한 소문도 허황되다는 뜻입니다.

이러한 뜻을 전하기 위해 시인이 자신의 억울함을 직접적으로 호소하고 있지 않다는 점도 주목됩니다. 즉 다른 사람들이 자신을 모함한 말이 구체적으로 어떤 내용인지, 그리고 그 말이 왜 사실과 어긋나는지에 대한 언급이 아예 없는 것이지요. 만일 그렇게 했다면 화자의 말은 장황한 해명으로 흘렀을 터이고, 이는 경우에 따라서 반성 없는 구차한 변명으로 곡해될 우려도 있었을 것입니다. 시인은 자신의 이야기를 최대한 감추고 대신 다른 이야기를 병치함으로써 자신의 메시지를 전달하고자 하는 것입니다.

흥미로운 것은 "왼 놈"과 "왼 말"이 중의적으로 구사되고 있다는 점입니다. "왼 놈"은 '온갖(萬/全) 사람'으로도 '그른(誤/惡) 사람'으로도 동시에 해석 가능하며, '왼 말' 또한 이에 준해서 '온갖 사설'과 '그른 사설'이라는 이중의 의미를 갖습니다. 이는 단순히 하나의 시어가 중의적이라는 사실에 머무르지 않습니다. 어떤가 하면, '온갖 사람'은 '그른 사람'이요, '온갖 사설'은 '그른 사설'이라는 등식을 성립시켜 내고 있지요. 결국 시인은 거짓의 거짓됨만을 말함으로써 진실의 진실됨을 우회적으로 드러내려는 궁극적인 의도를 완성하고 있는 것입니다.

우리가 언어를 통하지 않고 우리의 생각과 느낌을 표현하는 일은 거의 불가능합니다. 그러나 언어는 우리의 일반적인 상식보다 훨씬 불투명하고 불명료해서 우리의 생각과 느낌을 온전하게 전달하는 일은 쉽지 않습니다. 그러다 보면 오해가 생기는 법이지요. 오해가 생겼을 때 그것이 오해임을 밝히는 일은 더 어렵습니다. 그러나 어찌하겠습니까? 우리가 쓰는 언어의 힘이 허락하는 한 오해의 거짓됨을 밝히려 노력할 수밖에요.

침묵으로 말하기와 말로 말하기

서두에서 잠깐 말한 대로, 침묵이 천 마디 만 마디 말보다 더 빛나는 경우도 있습니다. 그 침묵이 꼭 서울에서 부산까지 가는 시간만큼이 아니라 하더라도, 연인들에게는 서로가 말을 감추고 눈빛만으로, 혹은 몸짓만으로 대화를 하는 시간이 필요합니다. 그런 식의 대화가 가능한 것 자체가 사랑의 깊이와 높이, 혹은 넓이를 말해 주는 것이지요. 아주 오랫동안 서로 떨어져야 할 일이 생겼다, 아니면 그 반대로 아주 오랫동안 헤어졌다가 만났다, 이런 경우라면 오히려 침묵의 언어 전략을 구사해 보는 것이 어떨는지.

알뜰히 그리다가 만나 보니 반갑도다
그림 같이 마주 앉아 맥맥히 볼 뿐이라
지금의 상간무어(相看無語)를 정일런가 하노라.

- 안민영 [시조]

'상간무어', 서로 말없이 바라만 본다는 뜻입니다. 알뜰히 그리워했던 사람을 만났으니 당연히 반가울 터. 그러나 두 사람은 헤어져 있을 동안의 아픔과 만난 순간의 반가움을 구구절절 말로 풀어내지 않고 침묵으로 대신할 따름입니다. "맥맥(脈脈)히" 본다는 것은 훔쳐본다는 뜻. 그러니까 두 사람은 눈빛도 서로 마주치지 않는 셈이지요. 그러나 두 사람 사이의 침묵은 어색함이나 부자연스러움과는 아무런 관계가 없습니다. 두 사람 사이에 흐르는 정을 표현할 수 있는 방법은 오직 침묵뿐이었을지도 모르겠네요. 아, 그리고 스스로 "그림 같"다고 했는데, 굳이 분류하자면 그 그림은 아마 정물화에 가깝겠지요.

동쪽 창 바라보며 희롱이 끝없으니
교태와 수줍음을 반반으로 머금었네
그립더냐 아니더냐, 조용히 물었더니
금비녀 매만지며 고개만 끄덕끄덕.

- 〈아름다운 여인〉 [한시]

※가인(佳人)

抱向東窓弄未休(포향동창롱미휴)

半含嬌態半含羞(반함교태반함수)

低聲暗問相思否(저성암문상사부)

手整金釵小點頭(수정금차소점두)

- 작자 미상

상황은 유사한 듯합니다. 오랜만에 만난 두 사람, 방 안에서 회포를 풀고 있습니다. 아마도 스킨십이 있었던 듯합니다. 그런 여인의 표정에는 교태도 스며 있고 수줍음도 끼어 있습니다. 긴 침묵 끝에 남자가 한마디 던집니다. "그동안 너도 내가 그리웠더냐?" 하고 말입니다. 그러나 모처럼 새어 나온 말에도 여자는 입을 열지 않습니다. 그저 고개만 끄덕일 따름입니다. 역시 한 폭의 정물화 같은 풍경이라 하겠네요.

이와는 반대로 말로써 말이 많은 연인들의 풍경 한 폭도 한번 보기로 하지요.

수박같이 두렷한 임아 참외같이 단말씀 마소

가지가지 하시는 말이 말마다 왼 말이로다

구시월 씨동아같이 속 성긴 말 마소서.

[시조]

아마도 남자일 것으로 추정되는 임이 온갖 달콤한 말로 여인을 유혹하거나 달래고 있는 듯합니다. 그러나 여인은 그것이 거짓임을 알고 있습니다. "왼 말"이고 "속 성긴 말"이라는 것이지요. 그런데 여인은 그것이 거짓임을 알면서도 여전히 그 말을 믿고 싶은 것이 아닐까 하는 느낌이 드네요. 물론 이러한 판단에 뚜렷한 근거가 있는 것은 아닙니다. 그저 느낌이 그러할 뿐입니다. 앞의 두 노래와 확연히 다른 분위기입니다. 정물화가 아니라 동선이 표현되어 있는 만화에 가까운 분위기라 하겠지요.

참고로 이 노래에는 수박과 참외 외에 또 다른 먹을거리가 두 개 더 있습니다. 가지와 오이. 중장의 "가지가지"는 '온갖' 이라는 의미를 지니겠지만 말의 재미를 위해 채소인 가지와 중첩시킨 표현입니다. 그리고 "씨동아"는 다음 해에 뿌릴 씨를 받으려고 따지 않고 놓아둔 박을 가리킵니다. 먹지도 못할 만큼 늙을 대로 늙었으니 얼마나 속이 성기겠습니까.

이상으로 사랑하는 연인들 사이에서 자주 있을 법한 커뮤니케이션의 몇 가지 방식들을 살펴보았습니다. 사랑이 반드시 말로 이루어지는 것은 아니지만, 말이 없이 사랑을 주고받는 일도 어렵습니다. 그러나 또 말 때문에 사랑은 오히려 단절되기도 하겠지요. 말의 표면에 너무 집착하면 그런 일이 생겨나기 쉽습니다. 거꾸로 말하면 뒤집어 알아듣고, 오해가 생기면 사리에 맞추어 이해하고, 말이 없는 침묵 속에서도 서로 행복해지는 경지라면 그 사랑도 오래도록 알뜰할 것이라 믿습니다.

이제 말이 얼마나 사랑을 나누는 커뮤니케이션에 방해가 되는지를 상징적으로 보여 주는 노래를 한 편 소개하면서 마무리할까 합니다.

사랑과 사설이 밤새도록 다투더니
사랑이 힘이 물러 사설에게 진단 말인가
사랑이 사설더러 이르기를 나중 보자 하노라.

[시조]

그리움의 지리학

누구나 꽃을 보면 아름답다고 느낍니다. 예외가 없지요. 일상적으로 경험하는 바이지만, 꽃은 확실히 안정된 조화감을 지니고 있으며, 여기에 아름다움의 한 근원이 있습니다. 꽃의 형상에 대한 식물학적 혹은 수학적 설명에 따르면, 해바라기는 21개, 34개, 55개, 89개의 씨로 이루어져 있는데, 간혹 144개의 씨가 소용돌이 모양을 만든다고 합니다. 또한 거의 모든 꽃잎은 3장, 5장, 8장, 13장, ……으로 이루어져 있습니다. 백합은 3장, 채송화는 5장, 코스모스는 8장, 금잔화는 13장, 에스터는 21장, 질경이는 34장, 쑥부쟁이는 종류에 따라 55장과 89장 등입니다. 그런데 이 숫자들은 일정한 법칙을 가진 배열입니다. 각각의 수가 앞선 두 수의 합이 되는 수열, 이른바 '피보나치수열'이라 하지요.

이런 패턴은 솔잎이나 연체 동물의 등딱지, 앵무새의 부리, 나선형 성운에서도 나타나며, 각각의 수를 그 바로 앞의 수로 나누게 되면, 모두 길이-너비의 황금비가 된다고 합니다. 이 황금비는 피라미드, 파르테논신전, 그리고 수많은 미술과 음악의 기반이 되는 비율이라고 하네요. 꽃이 아름답다고 느끼는 것은 바로 이러한 조화감에서 비롯된다고 하겠습니다.

꽃이 아름다운 진짜 이유

그러나 이는 꽃이 아름다운 이유에 대한 과학적 설명은 될지언정, 인간론적 해답은 될 수 없습니다. 여기에서 인간론적 해답이란 우리가 꽃의 피고 짐에 대해 매우 민감한 정서적 촉수를 들이대는 이유를 가리킵니다.

그 답의 단서는 '화무십일홍(花無十日紅)'이라는 상투적인 말에서 찾을 수 있습니다. "열흘 동안 붉은 꽃은 없다." 다시 말해 꽃은 짧은 시간 동안 피었다가 금방 지기 때문에 아름답게 느껴지는 것이지요. 지지 않는 꽃이 있다면, 그리고 그 꽃을 노리개처럼 줄곧 지닐 수 있다면, 그것이 아름답다 느껴질 리 없을 것입니다. 가질 수 없음은 곧 소유자와 소유물이 거리를 두고 있다는 뜻이 되겠지요.

이제 신라 시대 가요인 〈헌화가〉를 만나 보겠습니다. 이 노래에 얽힌 사연에서 이 점을 확인해 보겠습니다.

천 길 낭떠러지 위쪽에 피어 있는 진달래꽃 한 무리. 젊고 아름다운 부인은 그 꽃에 마음을 빼앗깁니다. 시종들에게 부탁을 했으나 아무도 절벽을 기어오를 수 없습니다. 이때 지나가던 노인이 그 마음을 읽고 꽃을 꺾어 바치며 노래를 합니다.

자줏빛 바위 끝에
잡으온 암소를 놓게 하시고
나를 아니 부끄러워하시면
꽃을 꺾어 바치오리다.

- 〈헌화가〉 [향가]

〈헌화가〉가 불리게 된 사연은 이렇습니다. 여기에서 질문을 하나 던져 봅니다. 그 부인은 왜 진달래꽃에 매료되었을까요? 진달래가 귀한 꽃이 아니기 때문에 생겨나는 질문입니다. 봄철이 되면 가장 흔하게 피어서 산천을 뒤덮는 것이 진달래입니다. 그런 진달래꽃에 매료된다는 것은 상식적으로 수긍하기 어렵습니다.

아무래도 진달래꽃의 매혹이 그 자체의 아름다움에 있었던 것은 아니었을 테지요. 혹 그것이 멀리 있기 때문은 아니었을까요? 천 길 낭떠러지에 피어 있는 꽃, 그래서 아무나 꺾을 수 없는 꽃, 내가 마음대로 가질 수 없는 꽃, 그래서 그 꽃은 매혹적이었을 터. 꽃을 소유하고자 하는 욕망은 역설적으로 그것을 소유하기 어렵다는 현실에서 출발했던 것입니다. 따라서 '천 길

낭떠러지'는 단지 물리적 지형이 아니라 가질 수 없다는 심리적 거리를 뜻하는 것입니다.

> 아침 이슬 채전밭에 눈매 고운 저 큰아가
> 누구 간장 녹이려고 저리 고이 생겼는고
> 영창문을 반만 열고 침자질하는 저 큰아가
> 침자질도 좋거니와 고개만 살금 들어 봐라.
>
> [민요]

먼저, 낱말 풀이를 하지요. "채전(菜田)"은 '채소밭', "영창(映窓)"은 '방과 마루 사이에 낸 두 쪽의 미닫이', "침자질"은 '바느질'("채전밭"이나 "영창문"은 의미의 중복인 셈). 이 노래의 시적 화자는 멀리서 "큰아가"를 훔쳐보고 있다 할까, 아무튼 마음을 졸이면서 바라보고 있습니다. "큰아가"는 이쪽의 시선을 아는지 모르는지 채소밭에서 나물을 캐고 있거나 방에서 바느질을 하고 있습니다. 그저 일에 몰두하고 있을 뿐입니다. 그래서 더욱 눈길이 간절해질 수밖에 없지요.

신비감에 싸여 있는 존재, 그러나 감히 다가설 수 없는 존재. 그 거리감이 지탱해 주는 팽팽한 긴장이 깨지는 순간, 그는 더 이상 신비로운 여인이 아니겠지요. 소월의 시에 나온 시어를 빌려서 말한다면, "저만치" 피어 있는 꽃 같은 존재라 하겠지요.

"큰아가"는 그래서 천 길 낭떠러지에 흐드러지게 피어오른 진달래를 닮아 있습니다.

멀리 있어 아름다운

모든 것은 멀리 있을수록 아름다운 법입니다. 별빛이 아름다운 것은 몇 억 광년의 세월을 두고 달려왔기 때문일 터. 가로등 불빛에 감동을 받지 못하는 것은 그것이 단지 인공의 빛이기 때문만은 아닐 것입니다.

사랑도 마찬가지가 아닐까 합니다. '보고 있어도 보고 싶다.'는 말도 있지만, 이는 하나의 수사(修辭)에 불과할지도 모릅니다. 사랑하는 사람을 그리워하는 것은, 그가 나로부터 멀리 떨어져 있을 때만 가능하기 때문이지요.

이화우(梨花雨) 흩뿌릴 제 울며 잡고 이별한 님
추풍낙엽에 저도 날 생각는가
천리에 외로운 꿈만 오락가락 하노매라.
- 매창 [시조]

이 시조를 읽다 보면 자연스럽게 연상되는 시 한 편이 있습니다. 바로 이형기의 〈낙화〉. "가야 할 때가 언제인가를 / 분명히 알고 가는 이의 / 뒷모습은 얼마나 아름다운가."라는 아포리즘(aphorism)과 같은 구절로 시작되기 때문입니다. 이 시에서는 낙화를 "결별이 이룩하는 축복"이라고 했고, "하롱하롱" 지는 꽃잎을 헤어지며 흔드는 "섬세한 손길"이라 표현했습니다. 낙화는 하강의 동선을 그립니다. 낙화를 이별과 연결시킬 수 있는 것은, 바로 이 하강의 동선 때문입니다. 이별은 우리 인생사에서 하나의 하강 국면으로 자리하고 있으니까요. 그러므로 이 시의 "이화우"가 바람에 흩날리며 떨어지는 배꽃을 비유적으로 표현한 시어라면, 이는 이별의 순간에 흘리는 눈물과 어울려 하강의 이미지를 증폭시킨다고 봐야겠습니다.

그런데 여기에서 주목해 볼 만한 시어는 "천리"입니다. 그 거리가 무엇을 뜻하는가 하는 것이 우리의 관심사이기 때문입니다.

이 시에서 제시된 이별의 시점은 이화가 비처럼 내려앉는 봄철입니다. 그리고 지금은 낙엽이 떨어지는 가을입니다. 그러니까 이 시의 화자는 봄철에 사랑하는 임과 이별을 한 뒤 가을이 지나도록 재회를 하지 못한 셈이지요. 이 시간적 거리와 어울리는 말이 "천리"라는 공간적 거리입니다. 천 리라면 약 4백 킬로미터. 대충 서울에서 부산까지의 거리입니다. 오늘날에야 몇 시간이면 충분히 닿을 수 있는 거리이지만, 걸어서 가는 길이라면 한 달을 계산하고 있어야 할 거리이지요.

그러나 정작 중요한 것은 이 거리가 지리적 개념이 아니라 심리적 개념에 더 가깝다는 점입니다. 임과 내가 각각 위치한 거리가 실제로 천 리나 떨어진 곳인가는 중요하지 않습니다. 까마득히 멀리 있다는 점이 중요한 것이 아니라 지금 당장 만날 수 없다는 점이 중요한 현실이지요. "저도 날 생각는가"라고 하면서 마음으로부터 멀어진 것은 아닐까 하는 근심을 펼쳐 내고 있는 것을 보면 더더욱 그러합니다. "천리"나 떨어진 먼 길, 임을 도저히 만날 수 없게 만드는 거리, 그래서 더욱 아득해지는 임의 초상. 그러니 "천리" 먼 길은 임과 나의 지리적 거리감이라기보다는 심리적 거리감인 셈입니다.

이 노래는 기녀 매창이 임진왜란 때 의병으로 전쟁에 나선 유희경이라는 선비를 연모해 지은 것으로 알려져 있습니다. 서른 살의 나이 차를 뛰어넘은 열렬한 사랑이었던만큼, 서울에까지 소문날 정도로 유명했다고 합니다. 그러다가 김제 군수로 있던 이귀라는 사람이 매창에게 관심을 표하자 두 사람의 관계도 단절되고 말았다고 합니다. 사정이 그러한즉 이 노래에서 말하는 "천리"는 물리적 거리보다는 심리적 거리로 보는 것이 타당할 것입니다.

그러니까 이 거리는 시인이 혹은 우리가 살고 있는 세상에서 가장 먼 거리일 수도 있습니다. 만일 이 거리가 지리적 개념이기만 하다면 숫자인 '천'과 단위인 '리'를 띄어서 '천 리'로 표기하는 것이 옳습니다. 그러나 "천리"는 '천'과 '리'가 합성되어 만들어진 하나의 단어이므로 붙여서 씁니다. 이로 보더라도 그 숫자에 담긴 관념은 심리적인 것임이 확연합니다.

천리 길의 지리학과 심리학

옛 노래에서 임과 내가 떨어진 거리가 언제나 "천리"라는 상투적 거리로 표상되고는 하는 이유도 여기에 있을 것입니다.

남은 다 자는 밤에 내 어이 홀로 깨어
옥장(玉帳) 깊은 곳에 자는 임 생각는고
천리에 외로운 꿈만 오락가락 하노라.

[시조]

앞에서 제시한 노래와 종장을 공유하고 있는 작품입니다. 다만 시적 화자가 남성이라는 것이 차이점이지요. 임이 자는 방을 "옥장"이라 했으므로, '나'는 남성이요, 임은 여성입니다. "옥장"은 글자 그대로 '구슬로 꾸민 장막'이라는 뜻으로, 여인의 침실을 일컫는 말입니다. 여기에서도 여전히 "천리"입니다. '천리' 가 아니라 "천리" 이지요.

다시 말하면 이 시는 임과 "내"가 쉽게 만날 수 없는 상황에 처해 있다는 것, 그래서 마음도 그만큼 멀게 느껴진다는 점, 바로 여기에서 생기는 외로움을 토로하고 있는 노래라 할 수 있습니다.

이 노래의 정조에는 임은 아마 자신을 생각하지 않을 것이라는 우려가 짙게 깔려 있습니다. 사실 아무리 멀리 있어도 사랑하는 마음이 변함이 없다면 그것은 같이 있는 것이나 다름없습니다. 그런 상황이라면 외로움을 느낄 리도 없겠지요. 외로움은 단지 임의 부재 그 자체로 인해 느끼는 정서가 아니라, 임의 부재가 영속적인 데서 느끼는 정서로 보는 것이 옳겠습니다.

그러므로 우리에게 친숙한 거리는 지리적인 것이 아니라 심리적인 것입니다. 아래의 노래가 이를 직접 지적하고 있습니다.

마음이 지척이면 천리라도 지척이요
마음이 천리오면 지척도 천리로다
우리는 따로 천리오나 지척인가 하노라.

[시조]

아무리 멀리 있어도 마음이 지척이면 함께 있는 것이나 다름이 없고 아무리 가까이 붙어 있어도 마음이 '천 리' 정도로 떨어져 있으면 따로 있는 것과 마찬가지라는 평범한 진리를 말하고 있는 노래입니다. 지리적 거리가 천리이든 지척이든, 결국 마음에 따라 거리가 만들어진다는 뜻입니다.

멀어질수록 기억은 더 선명해지고 영상은 더 또렷해지는 사람이 있다는 것은 너무나 역설적인, 그러나 너무나 당연한 사실입니다. 그리고 그 거리가 분명히 확인될수록 임은 더욱 아름다워 보이는 법입니다.

물론 멀리 있는 것이 아름답다고 해서 일부터 멀리 떨어질 필요는 없습니다. 가까이에서도 여전히 아름답다면 굳이 헤어지는 고통을 감수할 필요는 없을 테니까요. 너무 멀어지다 보면, 마치 고무줄이 팽팽한 긴장을 유지하다가 끊어지는 것처럼, 아예 관계가 단절될 위험도 있지요. 그래도 중요한 것은 멀리 있는 것들이 아름다워지는 역설이 삶의 자연스러운 이치라는 점. 그리고 그것을 자신의 지혜로 받아들일 줄 알아야 한다는 점입니다.

그래서 어느 시인은 다음과 같이 노래합니다. "닿을 수 없는 거리"와 "이룰 수 없는 거리" 때문에 그리움이 생기고, 그 그리움이 우리 목숨을 솟구치게 만드는 삶의 동력으로 작동한다는 뜻을 드러내고 있는 듯합니다.

꽃들은 별을 우러르며 산다.
이별의 뒤안길에서
촉촉히 옷섶을 적시는 이슬,
강물은
흰 구름을 우러르며 산다.
만날 수 없는 갈림길에서
온몸으로 우는 울음.
바다는
하늘을 우러르며 산다.
솟구치는 목숨을 끌어 안고
밤새 뒹구는 육신,
세상의 모든 것은
그리움에 산다.
닿을 수 없는 거리에
별 하나 두고,
이룰 수 없는 거리에
흰 구름 하나 두고,

- 오세영, 〈먼 그대〉(《꽃들은 별을 우러르며 산다》, 시와시학사)

불망의 시간,
불면의 공간

남녀의 애틋한 사랑 이야기를 그려 낸 우리 고전 작품으로, 〈춘향전〉과 나란히 꼽히는 것이 〈운영전〉입니다. 운영이라는 궁녀와 김 진사라는 젊은 선비가 서로 첫눈에 반합니다. 그러나 궁녀란 애초에 사랑의 권리조차 허락되지 않는 신분이지요. 더욱이 두 사람은 막강한 권력자에 의해 견제당하기도 합니다. 만남 자체가 불가능합니다. 이들은 사무치는 그리움 때문에, 얼굴이 파리해질 정도로 오래도록 잠을 이루지 못합니다. 불면의 고통을 알면서도 사랑하고, 사랑하기 때문에 또 불면의 밤을 보냅니다.

'대인난'이라는 말이 있습니다. 기다릴 '대(待)', 사람 '인(人)', 어려울 '난(難)'을 써서, 사람을 기다리는 일의 어려움을 뜻하지요. 남녀가 만나 사랑을 느낀다고 해서 그 사랑이 순조롭게 완성되어 가는 일은 드뭅니다. 어렵게 어렵게 가까워지면 또 다른 일로 거리가 생기기도 하지요. 그래도 무엇보다 큰 난관은 역시 이별이 아닐까 합니다. 이별이 개인적인 사정에서 비롯되었든 사회 제도적인 난관에서 비롯되었든, 대인난이라는 말이 생겨난 것은 '꿈속에서라도 임을 만나볼 수 있으면 좋겠다.' 는 이유 때문이겠지요.

헤어져 있어 만날 수 없는 사람을 그리워하고 있다면 이런 생각이 절로 들겠지요. 더욱이 별다른 통신 수단이 없었던 시절에는 그 간절함의 강도는 지금보다 훨씬 더 강했을 것입니다. 앞에서 우리는, 그 끝의 허망함을 알면서도 이런 생각을 품고 있는 사람들의 이야기를 접해 보았습니다.

오매불망 내 임이여

그런데 한편으로 꿈속에서라도 임을 만날 수 있는 사람들은 차라리 행복하겠다는 생각이 들게 하는 노래들이 있습니다. 그것은 꿈을 꿀 수조차 없는 사람들의 사연이 담긴 노래들입니다. 꿈을 꿀 수 없다는 것은, 꿈을 꿀 수 있는 조건이 준비되지 않았다는 뜻이겠습니다. 그것은 곧 잠을 잘 수 없다는 뜻이겠지요. 어쩌다가 잠을 잘 수 없었을까요? 사무치는 그리움이 뼛속에까지 이르면 그럴 수밖에요. 한마디로 불망(不忘)이 불면(不眠)을 부르는 셈이지요.

사랑이 거짓말이 임 날 사랑 거짓말이
꿈에 와 뵈단 말이 그 더욱 거짓말이
날같이 잠 아니 오면 어느 꿈에 뵈이리.

- 김상용 [시조]

동창에 돋은 달이 서창으로 되지도록
오실 임 못 오면 잠조차 아니 온다
잠조차 가져간 임을 그려 무엇하리오.

[시조]

앞에 제시된 노래부터 살펴보겠습니다. 임이 떠나가면서 약속을 한 모양입니다. 조만간 다시 돌아오겠다고 말입니다. 다시 돌아오지 못하면 꿈속에라도 나타나겠다고 말이지요. 그러나 그것이 거짓말임을 깨닫는 데는 많은 시간이 필요하지 않았습니다. 임이 다시 돌아오지도 않았거니와, 꿈을 꿀 기회조차 없었으니까요. 잠을 이루지 못하는데, 꿈을 어찌 꿀 수 있었겠습니까?

시인은 병자호란 때 강화성이 함락되자 화약에 불을 질러 자살한 사람으로 유명합니다. 그런 불타는 우국충정을 지닌 사람이 이렇게 가냘픈 목소리를 가지고 있었다는 것이 신기하기도 합니다. 그러나 폭풍우에도 흔들리지 않는 바위 같은 사람이든 미풍에도 흔들리는 갈대 같은 사람이든, 누군가를 잃은 상실감과 그로 인한 그리움이 깊으면 불면의 밤은 누구에게나 찾아드는 법이겠지요.

두 번째 노래는 누가 지었는지 모르지만, 잠을 앗아간 임에 대한 한탄을 기본적인 발상으로 삼고 있습니다. 달이 뜨는 시간과 지는 시간은 날마다 다릅니다. 그러나 달이 뜰 때부터 기다린 임이 달이 다 지도록 오지 않는다고 하는 것을 보니 시인은 무턱대고 하염없이 기다리고만 있었습니다. 달이 뜨는 시간에 만나기로 한 임이 달이 다 지도록 오지 않았던 것입니다. 물론 이 노래의 임은 산을 넘고 물을 건너야 만날 수 있을 정도는 아닌 듯합니다. 그러나 임을 그리워하고 기다리는 시간의 초조함이야 서로 떨어져 있는 거리와는 관계가 없겠지요.

이처럼 불면의 고통을 토해 내는 노래들은 숱하게 널려 있습니다. 임 생각 때문에 잠들지 못하는 사연을 임에게 전하며, 원망도 하고 탄식도 하는 노래들입니다.

새벽 달 외기러기 동정 소상 어디 두고
여관 한등에 잠든 날 깨우는가
천리에 임 이별하고 잠 못 들어 하노라.

[시조]

때는 새벽입니다. 물론 밤 한 시도 새벽이고 아침 다섯 시도 새벽입니다만, 밤이 깊도록 잠을 이루지 못하고 있다는 것은 분명하네요. 외기러기가 달빛을 받으며 날아가고 있습니다. 이것은 물론 직접 목격하고 있는 풍경이 아니지요. 시인은 지금 문을 닫은 채 잠자리에 누워 있다고 보는 것이 옳으니까 말이지요. 아마도 기러기가 울음을 울었나 봅니다. 그래서 결국 잠이 깨 버렸습니다. 그 후엔 도저히 잠이 오지 않는 모양이군요. 그러니까 화자는 외기러기에서 자신의 모습을 확인한 것입니다. 잠시라도 잊고 있었던 사실을 상기하는 순간 서러움이 밀려 왔던 것이지요.

게다가 "여관 한등(寒燈)"이라는 말로 보아 화자는 지금 고향집이 아닌 타향 땅 어디쯤에서 나그네로 떠돌고 있는 모양입니다. 그것은 마치 외기러기가 "동정 소상"을 떠나 다른 나라 다른 하늘을 날고 있는 것과 흡사합니다. "동정 소상"이란 원래 중국의 후난성이라는 곳에 있는 동정호와 소상 강을 말합니다. 이 호수와 강에 기러기 떼가 날아다니는 풍경이 장관이라고 소문이 나 있답니다. 기러기가 동정호와 소상 강에서 날아야 하듯, 자신도 고향 땅에서 임과 함께 지내는 것이 마땅하다고 믿고 있는 것입니다.

오동잎 지고야 알도다 가을인 줄을
가랑비 오는 강 서늘하다 밤 기운이여
천리에 임 이별하고 잠 못 들어 하노라.

- 정철 [시조]

바람에 오동잎이 떨어지는 가을, 가랑비 내리는 강가에 서 있는 시인은 서늘한 기운을 느낍니다. 여기까지만 읽으면 기상청이 제공하는 날씨 정보와 다를 것이 없지요. 그러나 종장에서 우리는 이 시가 임이 떠난 자리에서 임을 기다리는 사람의 탄식을 담고 있는 노래라는 점을 알 수 있습니다.

임을 기다리는 시간은 지루할 수밖에 없습니다. 그래서 시간이 어떻게 흐르는지, 계절이 언제 변하는지 감지하기 어렵습니다. 이 시의 화자도 오동잎이 지는 것을 보고서야 가을이 된 줄을 짐작합니다. 아마도 임이 떠난 때는 적어도 지난여름이거나 봄이었을 것입니다. 물론 작년 가을일 수도 있습니다. 중요한 것은 계절이 바뀌어도 임이 돌아오지 않았고, '나'는 계절의 변화도 모를 만큼 임 생각에 빠져 있다는 점입니다.

가을임을 감지하고 나니, 밤기운도 갑자기 서늘하게 느껴지는 모양입니다. 게다가 가랑비까지 내리고 있습니다. 이런 밤이라면 잠이 찾아들 리 없습니다. 가랑비라고 했으니 지붕을 때리는 빗소리가 나는 것은 아니었겠습니다. 그러니 잠들지 못하는 것은 빗소리 때문이 아니었던 것입니다. 더욱이 화자는 잠을 청하고 있는 것도 아닌 것 같습니다. 밖으로 나와 강가를 배회하고 있거나, 적어도 방문을 열고 어둠을 응시하고 있다고 봐야겠지요.

시인은 가을밤 부슬부슬 내리는 가랑비의 촉촉하고도 서늘한 감촉에 임의 따스한 품을 연상하고 있는 것으로 보입니다. 잠이 오지 않는 이유도 거기에 있을 테지요. 이불을 덮은 채 좌로 뒹굴고 우로 뒹굴고 있는 모습이 떠오르는 앞의 시와는 달리, 이 노래에서는 잠을 청할 엄두도 내지 못하는 심사가 느껴집니다.

그런데 이 두 노래의 종장은 눈여겨볼 필요도 있겠네요. 사실 이런 표현은 두 노래에서만이 아니라 여러 작품에서 자주 활용되곤 합니다. 이처럼 여러 작품에서 유사하거나 동일하게 반복적으로 나타나는 표현을 일러 '공식구(公式句)'라고 합니다. 공식구는 주로 글이 아닌 말로 지어지고 말로 연행되던 구비 시가에서 작시(作詩)의 편의를 위해 나타난 표현입니다. 말로 지어지고 말로 연행된다는 것은 작품을 글로 쓰는 일에 비해 즉흥적일 수밖에 없고, 이때 공식구는 매우 긴요한 역할을 합니다. 비슷한 사건이나 심리를 묘사하고자 할 때, 약간만 변형하면 한 편의 노래를 완성할 수 있으니까 말입니다.

우리가 오늘날 접하고 있는 시조는 문자로 정착되어 있어 기록문학이라 하기 쉽지만, 실제로는 여러 사람이 모인 자리에서

즉흥적으로 창작되어 노래로 연행된 구비문학에 가깝습니다. 특히 종장의 마지막 두 마디, "잠 못 들어 하노라."는 임을 그리워하는 마음을 담고 있는 대부분의 시조에서 발견됩니다. 다음의 노래도 마찬가지입니다.

이화(梨花)에 월백(月白)하고 은한(銀漢)이 삼경(三更)인 제
일지춘심(一枝春心)을 자규(子規)야 알랴마는
다정(多情)도 병인 양하여 잠 못 들어 하노라.

- 이조년 [시조]

한자어가 많이 섞여 있습니다만, 이 노래는 교과서에서 한 번쯤 만나 본 적이 있는 유명한 작품이기에 별다른 풀이가 필요 없을 줄로 압니다. 그래도 뜻을 존중한 채 풀어 쓰면 다음과 같습니다. '배꽃에 달이 비치니 꽃잎이 더욱 희고 은하수엔 밤이 깊어라. 배나무 가지 한 마디에 피어 있는 봄날의 마음을 자규(접동새)야 알겠느냐마는, 임 그리는 정이 깊어 병이 된 듯 오늘 밤은 잠 못 들어 하노라.'

역시 불면의 밤입니다. 밤 열두 시를 전후한 한 시간 정도를 삼경이라 하니까, 꽤 밤이 깊었습니다. 일어나 방문을 열고 보니, 혹은 쓸쓸히 마당에서 배회하다 보니, 달빛을 받아 배꽃이 하얗게 피어 있습니다. 나뭇가지의 꽃은 마치 내가 임을 그린

정이 맺혀서 피어 있는 듯합니다. 임 그린 정을 눈으로 보여 줄 수만 있다면, 저 꽃과 같았으리라 하고 생각한 것입니다. 임을 그려 피맺히게 우는 "자규"마저도 그런 내 마음을 모를 것이라 믿는 것이지요. 시인의 울음엔 자규의 그것보다 더 강렬한 피가 맺혀 있다고 보는 것이겠지요. 그러니 불면일 수밖에요. 불면은 물론 불망이 부른 것일 테지요.

가혹한 선택의 딜레마

그런데 우리가 주목할 것은 불면의 고통을 호소하는 노래들은 한결같이 날씨를 포함한 밤 풍경을 제시하고 있다는 점입니다. 달이 밝거나 새소리가 들리거나 비가 오거나 꽃이 피어 있거나 낙엽이 지거나 하는 등등의 풍경이 함께 제시되어 있지요. 이런 풍경 묘사는 일종의 장식처럼 보이기도 합니다. 다시 말해 그런 풍경은 그 자체로서 의미를 가진다기보다는 심리적 배경이 될 뿐이라는 것이지요. 달이 밝은 날이든 어둠이 모든 풍경을 삼킨 날이든, 혹은 비가 오든 눈이 오든 바람이 불든, 임을 그리다 잠 못 드는 밤은 쓸쓸하기 짝이 없습니다. 혹 그런 날에는 새 한 마리 날아와 피맺힌 울음소리를 들려주든 꽃잎 떨어지는 소리가 들릴 정도로 적막하든, 임 없는 밤이 쓸쓸하기는 마찬가지입니다. 꽃잎이 흐드러지게 피어 있는 봄밤이든 낙엽이 "폴란드 망명 정부의 지폐(김광균, 〈추일서정〉)"처럼 떨어지는 가을밤이든 쓸쓸한 심사는 다르지 않습니다. 우리가 이를 통해 알 수 있는 것은, 임과 이별한 사람에게는 어떤 계절이든 어떤 시간이든 항상 오직 임의 부재만이 크게 다가선다는 점입니다.

경경한 고침상에 어느 잠이 오리오
서창을 열어 보니 도화가 피었도다
도화는 시름 없어 봄바람을 웃도다.

- 〈만전춘별사〉 [고려가요]

"경경(耿耿)"하다는 말은 근심에 싸여 있다는 뜻이고, "고침상(孤枕上)"은 외로운 베개, 즉 홀로 누운 잠자리라는 뜻입니다. 이 노래는 시조와 닮아 있지만, 장르가 다른 고려가요입니다(물론 그 닮은꼴 때문에 시조 형식의 근원으로 추정되는 노래이기는 합니다). 그래서인지 "잠 못 들어 하노라"와 같은 공식구는 보이지 않습니다. "어느 잠이 오리오"가 이를 대신하고 있습니다. 아마도 "잠 못 들어 하노라"의 고려판 표현이 "어느 잠이 오리오"가 아닐까 합니다. 중요한 것은 여기에서도 도화가 시인의 심리적 동향을 부각시키기는 해도 그 자체가 불면의 원인은 아니라는 점입니다. 임의 부재가 유일한 불면의 원인이었던 것입니다.

임 생각 때문에 잠이 오지 않는다는 것은 아주 상투적인 발상일 수 있습니다. 그러나 우리는 왜 하필 밤에 임 생각이 간절해질까 하는 의문을 가져 볼 수는 있습니다. 그것은 언젠가 한번 짚고 넘어간 대로, 밤은 무의식이 지배하는 시간이기 때문이지요. 문제는 역시 무의식이었습니다. 무의식은 인간의 하루 일과 중에서 밤에 잠깐 동안 나타나는 것으로 볼 수도 있겠지요.

그러나 결코 그 비중이 가볍지는 않습니다. 정신분석학자 융은 정신의 구조를 '의식'과 '무의식'으로 나눈 뒤, 무의식을 바다에, 의식을 섬에 비유했습니다. 즉 의식이란 무의식의 바다에 조그맣게 돌출해 있는 섬이라는 것입니다. 이 설명이 맞는다면 우리의 진면을 보여 주는 것은 의식의 세계가 아니라 무의식의 세계라 할 수 있겠지요. 우리가 무의식의 세계에 의해 지배당하는 시간은 짧지만, 오히려 우리의 진면은 바로 그 무의식의 세계에 나타난다고 봐야겠습니다. 그래서 우국충정에 화약을 지고 자살을 하는 사람도 사랑 때문에 그리움 때문에 불면을 호소할 수 있었던 것이겠지요.

자, 여러분은 무엇을 선택하겠습니까? 임이 금방 사라지고 마는 꿈의 허망함과 아예 잠조차도 이루지 못하는 불면의 고통 중에서 말입니다. 너무도 가혹한 선택이네요.

노래로 수작하기

'수작한다', '수작을 부린다', '수작을 떤다' 등의 말을 들어 본 적 있을 것입니다. '더러운 수작', '터무니없는 수작', '건방진 수작' 등등 좀 부정적인 의미로 쓰이는 것이 일반적이지요. 물론 '정다운 수작'에서처럼 긍정적인 의미로 쓰이지 않는 것은 아닙니다만, 이것이 다소 어색하게 느껴지는 것으로 봐서는 부정적인 의미를 지니고 있다고 봐야겠지요.

이 말은 원래 술잔을 서로 주고받는다는 뜻이었습니다. '갚을 수(酬)'와 '따를 작(酌)', 그러니까 술을 부어 주거니 받거니 하는 일을 가리켜 수작이라 부르는 것입니다. 그런데 이 말이 자주 쓰이다가 '말을 서로 주고받는 일'을 가리키게 되었고, 남의 말이나 행동, 계획을 낮잡아 이를 때도 쓰이게 되었습니다.

그런데 수작용 노래가 있어 주목을 끄네요. '수작용 노래'라고 했는데, 이는 두 가지 의미에서 그렇습니다. 하나는 주고받는 노래라는 뜻이고, 다른 하나는 그야말로 수작을 부리기 위한 노래라는 뜻입니다. 범위를 한정해 말하면 '수작 시조'라고 하는 작품들입니다.

수작 시조는 한 사람이 다른 사람의 의중을 슬쩍 엿보기 위해 메시지를 던지는 노래와, 그 메시지에 대해 응답을 하는 노래가 짝을 이루고 있습니다. 그러니까 방 안에 사람이 있는지 없는지 노크를 하면, 안에서 사람이 있다고 대답을 하는 것과 유사합니다.

넓게 보아 이방원의 〈하여가〉와 정몽주의 〈단심가〉도 여기에 해당되겠지요. 새 왕조를 만들고자 하던 이방원이 충신으로 소문난 정몽주를 자기편으로 끌어들이기 위해 정몽주의 의중을 물어본 것이 〈하여가〉이고, 정몽주가 절대로 그런 반역에 참여할 수 없다는 의지를 밝힌 것이 〈단심가〉지요. 일종의 정치적 수작이라 할 수 있겠지요. 비유와 상징을 통한 우회적인 의사소통의 본보기라 할 만합니다.

여기에서 우리가 살필 것은 사랑과 관련된 수작 시조들입니다. 사랑은 사랑이되, 주로 사대부 남성과 기생이 벌인 사랑입니다. 당시에는 일반 부녀자들이 대놓고 사랑을 노래할 분위기가 아니었습니다. 이와 달리 기생들은 사대부 남성들과 공개적으로 사랑할 수 있는 일종의 특권층이었지요. 그래서 기생과 사대부 남성 사이에 펼쳐진 사랑 이야기가 많이 전해지고 있습니다.

서경덕과 황진이의 노래

먼저 만나 볼 것은 황진이와 서경덕의 시조입니다. 굳이 설명을 덧붙일 필요도 없을 정도로 너무도 유명한 사람들이지요. 황진이는 빼어난 용모에 시와 노래에도 일가견이 있는 만능 탤런트였고, 서경덕은 높은 학문적 경지를 바탕으로 후학을 양성했던 대학자였습니다.

두 사람에 대한 이야기는 역사적 사실로 기록된 내용들이 아니고 전설처럼 항간에 떠돌아다니는 소문에 바탕을 둔 내용들이어서 어느 정도는 상상력이 첨가되었다고 봐야겠습니다. 어느 기록을 보면, 황진이의 어머니 현금(玄琴, 거문고를 뜻함)은 빼어난 용모를 지니고 있었다고 합니다. 그러다가 우물가에서 역시 풍채가 준수한 어느 사내를 만나 함께 노래를 불렀고, 노래를 부른 뒤 목이 마른 사내의 요청에 따라 물을 떠 주었답니다. 사내가 한 모금 마신 뒤 남은 물을 마셔 보라고 권유를 했는데, 이 물을 마셨더니 술로 변해 있었다고 합니다. 그로써 인연을 맺어 낳은 아이가 바로 황진이였다고 하네요.

신화적인 상상력을 보태어 해석을 하면, 두 사람의 인연은 술의 신과 음악의 신의 만남이었다고 볼 수도 있습니다. 사내는 술의 신(주신)이었고, 황진이의 모친 현금은 음악의 신(악신)이었던 셈이지요. 물론 이 이야기는 황진이가 술과 음악을 요체로 하는 풍류의 세계에 몸을 담고 있었기 때문에 황진이의 운명에 필연성을 부가하고자 했던 후대 사람들에 의해 지어졌을 것입니다.

황진이는 한때 서경덕의 문하생이었다고 합니다. 물론 30년간 면벽 수도를 하던 한 노승을 파계시켰던 전적이 있는 것을 보면, 황진이가 처음 서경덕에게 접근했던 것은 이름난 학자를 굴복시키겠다는 객기와 허영심 때문이었을지도 모릅니다. 그 음모가 실패로 끝나자 결국 자신이 굴복하게 되었고, 사제의 연을 맺었던 것입니다. 그러는 사이 두 사람 사이에 은근한 정이 돋아나고 있었던 모양입니다. 먼저 노래를 지어 부른 것은 서경덕이었습니다.

마음이 어린 후니 하는 일이 다 어리다
구름도 두터운 산 어느 임 오랴마는
지는 잎 부는 바람에 행여 그인가 하노라.

- 서경덕 [시조]

이 노래를 제대로 이해하기 위해서는 먼저 '어리다' 라는 말이 오늘날과 다른 의미로 쓰이고 있다는 점을 알아야 하겠습니다. 여기에서 '어리다' 는 생물학적으로 '나이가 적다' 는 의미가 아니라 '어리석다'는 뜻을 지니고 있습니다. 시인은 마음이 어리석다 보니 하는 일도 다 어리석다고 자탄하고 있습니다. 자신의 어떤 일을 어리석다고 했을까요? 기다림이 부른 초조감에 바람 부는 소리와 바람에 날리는 낙엽 소리를 임이 오는 발자국 소리로 착각하는 것이겠지요. 그러면 왜 그것을 어리석다고 했을까요? 결코 임은 오지 않을 것이라 생각했기 때문이겠지요. 오지 않을 줄 알면서도 혹시나 하고 기다리는 모순된 감정이 숨어 있습니다.

혹 이렇게 생각할 수도 있겠지요. 학문을 닦는 데 일생을 바친 사람으로서 여인을 그리워하는 정을 떨쳐 버리지 못하는 것을 어리석다고 봤을 수도 있겠지요. 어떻게 보든 이 노래는 은근히 임을 기다리는 자신과 그런 자신을 어리석다고 자탄하는 또 다른 자신이 서로 다른 가면을 쓰고 나란히 마주 보고 서 있는 구도를 지니고 있습니다. 이를 아이러니(irony)라고 하지요.

그런데 어쩌면 시인의 자탄 속에는 임에 대한 원망의 감정이 숨어 있었을지도 모르겠습니다. 겉으로 드러난 것은 자신의 어리석음에 대한 한탄이었지만 그 화살은 임을 겨냥하고 있었던 것으로 이해해 볼 수도 있습니다. 이 노래에 대한 황진이의 화답이라고 전하는 다음 시조를 보면 이 점이 더 분명해집니다.

내 언제 신의 없어 임을 언제 속였관대
달 없는 한밤중에 온 뜻이 전혀 없네
추풍에 지는 잎 소리야 낸들 어이하리오.

- 황진이 [시조]

어떤 문헌의 기록에 따르면, 이 노래는 황진이가 서경덕을 찾아갔을 때 서경덕이 부른 앞의 노래를 듣고 화답한 노래라고 합니다. 자신의 여성적 매력을 의도적으로 과시하기도 했던 객기와 허영심을 가진 황진이였지만, 서경덕을 향한 마음만은 객기도 허영도 아니었던 모양입니다. 달빛 한 자락도 보이지 않는 어두운 밤길을 걸어 깊은 산중까지 온 정성이라면 그것은 적어도 객기나 허영은 아니었을 테지요.

황진이가 임을 속인 적이 없다고 항변한 것은 서경덕이 황진이 자신을 원망했기 때문이겠지요. 자신은 부랴부랴 어두운 밤길을 더듬어 깊은 산속까지 찾아갔지만 기껏 자신을 맞이한 것은 자신을 원망하는 노래였으니, 찾아온 보람을 느낄 수 없었겠지요.

그러니까 서경덕이 바람에 잎 지는 소리를 임 오는 소리로 착각하면서 어리석은 자신의 마음을 한탄했지만, 그 자탄은 실상 황진이에 대한 원망이었던 셈입니다.

아무튼 이제 서로 은근한 정을 확인한 두 사람이 이후에 어떤 사랑의 행적을 남겼는지는 알 수 없습니다. 다만 서경덕의 부음을 들은 황진이는 다음과 같은 만가(輓歌)를 지어 길지 않은 서로의 인연과 영원하지 못한 인생을 한탄하게 됩니다.

산은 옛산이로되 물은 옛물 아니로다
주야에 흐르니 옛물이 있을소냐
사람도 물과 같으니 가고 아니 오도다.

- 황진이 [시조]

임제와 한우의 노래

다음으로 만나 볼 것은 당대의 풍운아 임제와 기생 한우가 주고받은 노래입니다. 임제를 풍운아라고 하는 것은 그가 사대부 신분이면서도 파격적인 행동으로 여러 가지 파란을 일으킨 사람이기 때문입니다. 임제는 젊은 시절부터 붓과 칼과 거문고를 동시에 품고 갖가지 일화를 남겼습니다. 앞에서 만나 보았던 기생 황진이의 무덤 앞에서 시조를 지었다가 사대부적 법도를 벗어났다는 이유로 파직을 당한 적도 있다고 합니다. 어떤 시조였는지 잠깐 살펴보기로 하지요.

푸른 풀 우거진 골에 자는냐 누웠느냐
홍안(紅顔)은 어디 가고 백골만 묻혔는고
잔 잡아 권할 이 없으니 그를 슬퍼하노라.

- 임제 [시조]

천하 제일의 한량에게 천하 제일의 기생이었던 황진이를 만나고자 했던 욕망이 왜 없었겠습니까? 그러나 때는 늦었습니다. 황진이의 아리따운 홍안은 이미 백골로 변해 있었으니까요. 기생 만나는 일도 합법적이었던 그 시절에 이런 시조가 왜 필화(筆禍)를 일으키게 되었는지는 잘 모를 일입니다. 한갓 기생에 불과했던 고인에게 바친 만가치고는 너무 뜻이 높았던 까닭이었을까요? 알 수 없습니다. 그러나 우리가 확실히 알 수 있는 것은 임제가 결코 법도와 체통을 중시하는 평범한 사대부는 아니었다는 점이지요.

그런 사람이었으니 높은 벼슬을 지내기는 어려웠을 테지요. 권력에 욕심이 있는 사람이라면 높은 사람들에게 아부도 하고 눈치도 보고 해야 할 텐데, 절대 그럴 수 없는 위인이었습니다. 바람처럼 자유로운 사나이, 이것이 임제의 행적이 말해 주는 그의 정체성이었습니다. 결국 그는 붕당으로 나뉘어 소모적인 정쟁을 일삼는 정계에 환멸을 느껴 벼슬을 스스로 버리는 결단을 하게 됩니다.

이런 와중에 그는 당대의 또 다른 유명한 기생 한우에 대한 소문을 듣게 됩니다. 칼과 함께 붓과 거문고를 품고 있던 풍운아답게 그는 한우를 만나러 가면서 이런 노래를 지어 불렀습니다.

> 북천이 맑다커늘 우장 없이 길을 나니
> 산에는 눈이 오고 들에는 찬비로다
> 오늘은 찬비 맞았으니 얼어 잘까 하노라.
>
> - 임제 [시조]

풀어 쓰면 이렇겠지요. '북쪽 하늘이 맑다는 이야기를 듣고 비를 막을 장비는 전혀 생각지 못하고 길을 나섰다. 그런데 난데없이 눈도 오고 비도 와서 온몸이 고스란히 젖었다. 오늘은 찬비를 맞았으니 추위에 떨며 잘 수밖에 없구나.' 그런데 이렇게 풀어 놓고 보니 밋밋한 이야기가 되고 말았네요. 시적 긴장이 없어진 것은 물론이고, 도대체 아무런 감동도 재미도 얻을 수 없는 노래지요.

이 시를 제대로 읽기 위해서는 최소한 노래의 핵심인 종장의 "찬비"와 "맞았으니"와 "얼어 잘까"가 중의적으로 쓰인 시어라는 점을 알아야겠습니다. 그래야 왜 이 노래가 수작 시조인지도 알 수 있습니다. 이 시어들은 글자 그대로의 의미를 가지면서도 동시에 또 다른 의미를 함축하고 있습니다. 우선 "찬비"에는 기생 '한우' 라는 뜻이 녹아 있습니다. '한우' 의 한자 표기가 '찰 한(寒)' 과 '비 우(雨)' 니까 말입니다. 그리고 "맞았으니"에는 '맞이했으니' 라는 뜻이, "얼어"에는 '(남녀가 육체적으로) 어울려' 라는 뜻이 각각 녹아 있습니다. 그러니까 이 노래의 종장은 '오늘은 한우라는 기생을 맞이했으니, 함께 어울려 자고 싶구나.' 라는 뜻을 품고 있는 셈입니다. 이 정도는 되어야 그래도 수작을 부리는 노래라 할 수 있겠지요.

그런데 이에 대한 한우의 답가를 보면 한우 또한 평범한 기생이 아님을 알겠습니다.

어이 얼어 자리 무슨 일 얼어 자리
원앙침 비취금을 어디 두고 얼어 자리
오늘은 찬비 맞았으니 녹아 잘까 하노라.

- 한우 [시조]

이 시조에서도 핵심은 종장에 있습니다. '당신은 오늘 천하 명기 한우를 맞이했으니 당연히 이 밤을 따뜻하게(혹은 뜨겁게?) 보내야 하리.' 라는 뜻이겠지요. 더군다나 화려하게 수놓은 베개와 이불도 있다고 했으니 한우가 임제를 맞이하기 위한 준비가 어느 정도인지도 능히 알 수 있겠습니다. 아마도 한우는 임제의 명성을 익히 들어서 알고 있었을 테지요. 그랬다면 꼭 한번 만나 봐야겠다고 생각했을 법합니다. 이를 일러 불감청(不敢請)이언정 고소원(固所願)이라 하던가요? 감히 청하지는 못하나 처음부터 지극히 바라던 바라는 뜻입니다. 사정이 이러하니, 그날 밤 그 두 사람 사이에 오고간 정은 굳이 일러 무엇 하리오.

정철과 진옥의 노래

송강 정철은 우리의 시문학사에서 최고봉을 이룬 시인으로 평가됩니다. 우리는 보통 국어 교과서의 변함없는 레퍼토리로 자리하고 있는 〈관동별곡〉에서 그를 만나게 됩니다. 이 노래는 그가 강원도 관찰사 직을 받고 부임하는 길에서 일어나는 인간적 갈등을 산과 물의 이미지를 통해 형상화한 작품입니다. 당시의 많은 사대부들과 마찬가지로 송강은 벼슬살이와 귀양살이를 두루 겪었고, 관직에서 물러나 은거 생활을 하기도 합니다. 환로에 나갔다가 귀향, 다시 관직 진출 후 재귀향, 다시 관직 진출 후 유배, 다시 관직 진출 후 은퇴, 참으로 파란만장한 생애라 하겠군요.

물론 그의 파란만장한 생애는 그의 성품 탓인지도 모르겠습니다. 그와 교유했던 당대 문인들의 기록을 보면, 청렴결백하고 강직했다는 평가도 있고, 성질이 괴팍하고 경박하다는 평가도 있습니다. 이렇게 상반된 평가가 나온 것은 정치적 입장의 차이 때문이라 간주할 수 있겠습니다만, 그의 작품을 두루 보면 호방한 성격의 소유자라는 점은 쉽게 짐작됩니다.

그런 그에게 로맨스가 없을 리 없습니다. 상대는 진옥이라는 이름의 기생이었습니다. 문헌에는 송강의 첩이라 기록되어 있지만, 원래는 강계 지역의 기생이었습니다. 강계는 송강이 우의정을 지낸 뒤 좌의정 자리에 있다가 광해군 책봉 사건으로 유배된 곳이었습니다. 당대 대정치가이자 대문장가의 유배지, 거기에는 필시 울분과 비탄과 고독이 있었겠고, 그것을 달래기 위한 술이 있었을 테지요. 그런 상황에서 만난 진옥은 단순한 노류장화(路柳墻花)가 아니었겠지요. 더불어 술잔을 주고받으며 울분을 달래고 비탄한 심사를 쓰다듬고 고독을 잊었을 것입니다.

그들이 그런 자리에서 주고받은 것은 술잔만이 아니었습니다. 먼저 정철이 노래를 부릅니다.

옥이 옥이라커늘 번옥만 여겼더니
이제야 보아하니 진옥일시 적실하다
내게 살송곳 있으니 뚫어 볼까 하노라.

- 정철 [시조]

이어서 진옥이 거문고 가락에 얹어 답가를 부릅니다.

철이 철이라커늘 섭철만 여겼더니
이제야 보아하니 정철일시 분명하다
내게 골풀무 있으니 녹여 볼까 하노라.

- 진옥 [시조]

두 노래 모두 상대방 이름에 기본적인 시적 발상을 두고 있습니다. 앞에서 보았던 임제의 노래와 비슷한 이치라 하겠습니다. "번옥"은 정련되지 못해서 품질이 떨어지는 옥이고 "섭철" 또한 제대로 정련되지 못한 하품의 철을 말합니다. 그리하여 "번옥"과 "진옥", "섭철"과 "정철"을 대비시켜 상대방의 의중을 물어봅니다. 물론 상대방의 의중이란 잠자리의 유희에 대한 관심을 말합니다. 정철의 노래에 나오는 "살송곳"과 진옥의 노래에 나오는 "골풀무"는 각각 남녀의 성기를 비유한 표현이니까, 단 하나의 에누리도 없이 이것은 수작 노래에 해당됩니다. 그러나 노골적인 하드코어는 아닙니다. '옥'과 '철'에 각각 '송곳'과 '풀무'를 대응시킨 기지(機智)가 있기 때문이지요. 이 노래들이 더욱 빛나는 이유는 바로 이 점 때문입니다. 진옥이 얼마나 빼어난 미모를 지녔는지 모르지만, 적어도 이 정도의 재치와 유머를 가진 여자였다면, 송강도 하염없이 실의에 찬 세월을 보내고 있지만은 않았을 듯하네요.

이상으로 세 커플의 수작 시조를 맛보았습니다. 모두 남녀 두 사람이 관계를 맺어 보려는 시도에서 지어진 노래였지요. 그러나 그 노래들은 속에 숨어 있는 상대방에 대한 관심의 정도도 다 다르고 관심을 드러내는 표현의 노골성도 다 다릅니다. 서경덕과 황진이의 노래가 물이 바닥을 덮을 정도로만 담겨 있는 듯한 노래라면, 임제와 한우의 노래는 물이 넘칠락 말락 하며 가득 고여 있는 듯한 노래이고, 송강과 진옥의 노래는 물이 넘쳐서 잔을 타고 조금씩 흘러내리는 듯한 노래입니다.

그러나 상대방의 관심과 의중을 확인하는 데 어떤 노래가 더 효과적인지는 알 수 없습니다. 같은 표현이라 해도 그 말의 속뜻은 그때그때 다르거니와, 이렇게 서로 다른 표현들을 두고 그 우월을 가리는 것은 불가능할 것입니다.

과장의 수사학, 웃음의 패러독스

슬픔의 근원이 된 사태는 울어 봐도 웃어 봐도 해결되지 않기는 마찬가지입니다. 그것은 인력을 넘어서는 문제이기 때문입니다. 그러니까 문제 사태를 해결하지 못한다면, 그로 인해 생겨난 슬픔이라도 해소해야 되는 것이지요.

슬픔을 해소하는 방법 중에서 가장 자연스럽고 그래서 가장 흔한 방법은 눈물입니다. 지독한 슬픔에 빠지면 우는 것이 인지상정이지요. 울고 나면 시원함을 느끼기도 합니다. 이것이 흔히 말하는 '카타르시스(catharsis)' 효과입니다. 우리말로는 '정화(淨化)' 라고 번역합니다. 깨끗하게 만든다는 뜻이지요. 지독한 슬픔에 빠져 있을 때 실컷 울고 나서 개운한 느낌을 가지는 것으로 이해하면 되겠습니다.

슬픔을 눈물로 해소하는 것은 너무나 지극히 당연합니다. 그것은 감기 걸린 사람이 기침을 하는 것과 마찬가지이고, 배고픈 사람이 음식을 먹는 것과 같습니다.

웃음은 손수건이다

그런데 역설적이게도 웃음으로 슬픔을 해소하는 방법도 있습니다. 웃음으로 눈물을 닦는 셈입니다. 웃음으로 눈물을 닦는다? 과연 그것이 가당키나 한 일인가? 이런 질문이 떠오를 법합니다. 그러나 실제로 웃음과 눈물은 서로 통하고 있음을 우리는 경험으로 미루어 알고 있습니다. 도를 넘는 슬픔이 닥칠 때 웃게 되는가 하면, 너무나 심하게 웃다 보면 눈물이 찔끔거릴 때도 있지요. 웃음과 눈물의 관계가 이와 같을진대, 웃음과 눈물이 한데 어우러지는 장면을 담은 노래를 만나는 일이 어렵지는 않을 듯합니다.

에라, 놓아라
못 놓겠다. 죽었으면 죽었지 못 놓겠네
에라, 놓아라
못 놓겠다. 상투가 빠져도 못 놓겠네
에라, 놓아라
못 놓겠다. 내 손목이 빠져도 못 놓겠네.

[민요]

남녀가 이별하는 순간에 벌어지는 일입니다. 잠깐 동안 헤어졌다 다시 만날 연인들인지, 아니면 영원한 이별로 가는 연인들인지는 모르겠습니다만, 한 사람은 가려 하고 한 사람은 붙잡으려 하고 있음을 알 수 있네요. 그리고 가려는 사람은 남자이고 붙잡으려는 사람은 여자라는 점도 알 수 있습니다. 그런데 붙잡는 몸부림이 다소 엽기적이기조차 하네요. 손목을 붙잡는 거야 자연스럽지만 상투를 붙잡고 늘어지는 발버둥은 희극적입니다. 아무리 다급한 상황이라 해도, 혹 코미디의 한 장면이라면 몰라도, 사랑하는 임의 상투를 붙잡는 일은 거의 일어나기 힘들다고 봅니다. 그럼에도 시인은 능청스럽게 그런 장면을 그려 내고 있습니다.

사랑하는 두 사람이 헤어지는 장면은 그 자체로 비극적일 수밖에 없습니다. 그런데 여기에서는 인물의 행위와 그것을 그려 내는 어조가 희극화의 방향으로 흐르고 있습니다. 한마디로 정황의 비극성과 행위의 희극성이 만났습니다. 일견 모순 혹은 부조화라 할 수 있겠지요. 그러나 이 노래의 개성은 바로 이 모순 혹은 부조화에 있습니다. 모순이 불러일으키는 재미, 부조화가 야기하는 웃음이 이 노래의 개성이라 할 수 있습니다.

이제 이 점을 기억해 두고 다음 노래를 읊어 보기로 하겠습니다.

창 내고자 창을 내고자 이내 가슴에 창 내고자

고모장지 세살장지 들장지 열장지 암톨쩌귀 수톨쩌귀 배목걸쇠 크나큰 장도리로 뚝딱 박아 이내 가슴에 창 내고자

이따금 하 답답할 제면 여닫아 볼까 하노라.

[사설시조]

이 노래가 멀리 떨어져 있는 사람을 그리워하며 부른 것인지, 아예 사랑을 잃어버리고 탄식하면서 부른 것인지는 알 수 없습니다. 이 노래에 나타난 답답한 심사의 원인이 이별이 아닐 수도 있지요. 그렇다 하더라도 사랑 때문에 생긴 갑갑증이 시적 발상의 단서라 생각하고 읽기로 합시다. 이렇게 읽는 것이 그래도 이 노래에 가장 절절하게 공감할 수 있는 독법이 아닐까 합니다.

여하튼 우리는 시의 화자가 무척이나 암울한 상황에 처해 있다는 점을 확실히 알 수 있습니다. 그런데, 가슴에 창을 내겠다고? 얼마나 답답했으면 바람이 드나들 수 있는 창을 내겠다고 했을까, 하고 충분히 납득할 수 있는 발상입니다. 답답한 일을 당한 사람들이 가슴을 두드리는 까닭을 생각하면 더더욱 그렇습니다. 그렇긴 해도 이 노래의 발상이 다소 엽기적이라는 점은 분명해 보입니다. 바로 여기에서 웃음도 발생하고 있습니다. 이 노래 역시 앞의 민요에서와 마찬가지로 비장한 정황을 희화화하고 있다고 볼 수 있겠지요.

수다스런 허풍의 약효

그런데 여기에서 한 가지 더 주목되는 것은 수다스러움입니다. 이는 우리 시대의 랩퍼들이 중얼거리듯 읊어 대는 수다스러움과 닮아 있습니다. 이는 두 번째 행에 있는 여러 가지 낯선 이름들의 열거에서 비롯됩니다. 거의 무차별적인 것처럼 보입니다. 여기에서 열거되는 것들은 창틀과 창을 구성하는 장치들이라 생각하면 되겠습니다.

"고모장지"의 '고모'는 들창을 말하고, '장지'는 장지문을 뜻합니다. "세살장지"는 살이 가느다란 장지문이고, "들장지"는 들창문으로, "열장지"는 미닫이창으로 이해하면 되겠습니다. 암톨쩌귀와 수톨쩌귀는 각각 문설주와 문짝에 박는 쇠붙이를 가리키고, 배목걸쇠는 둥글게 구부려 만든 걸쇠를 말합니다.

이렇게 상세하게 사물들의 목록을 일일이 언급하는 것을 일단 '열거의 수사학'이라 규정하기로 하지요. 그런데 이것이 웃음을 유발하는 것은 그것이 다시 과장의 수사학과 결합되어 있기 때문입니다. 들장지와 열장지는 종류가 서로 다릅니다. 종류가 서로 다른 장지문을 동시에 달 수는 없습니다. 그러니까 이들은 모두 창문을 떠올리면 자동적으로 연상되는 목록들을 무차별적으로 나열한 것일 뿐, 실제의 창문에 대한 정확한 묘사는 아닙니다. 그래서 이는 과장이 됩니다. 달리 말하면 허풍이지요.

이와 유사한 허풍을 보여 주는 다른 노래 하나를 더 보기로 하지요.

> 한숨아, 가느다란 한숨아. 네 어느 틈으로 잘 들어오나
>
> 고모장지 세살장지 들장지 열장지 배목걸쇠 뚝딱 박고 크나큰 자물쇠로 깊숙이 잠갔는데 병풍은 덜컥 접고 족자는 대그르르 말고 네 어느 틈으로 잘 들어오나
>
> 아마도 너 온 날 밤이면 잠 못 이뤄 하노라.
>
> [사설시조]

별도의 설명이 필요 없이 두 노래는 너무도 닮아 있습니다. 다만 앞에 소개된 노래에서 창은 한숨을 내보내기 위해 만든 출구용이었는데, 이 노래에서는 오히려 한숨이 들어오는 입구가 되어 있다는 차이점이 있을 뿐입니다. 이 두 노래는 짝을 맞추어서 서로 주고받으며 부르는 수작용 노래의 레퍼토리로 보아도 무방할 듯합니다. 비장한 정황인데도 웃음이 묻어 있고, 그것이 또 과장의 수사에 의해 뒷받침되고 있으니, 그 웃음이 더욱 허허롭게 느껴집니다.

과장이란 실재를 실재보다 훨씬 더 크게 부풀리는 것입니다.

그러다 보니 과장 표현을 실재인 양 읽으면 대체로 엽기적이라는 느낌을 맛보게 됩니다. 아래에 소개하는 노래가 바로 그 현상을 전형적으로 보여 주네요.

가슴에 구멍을 둥그렇게 뚫고
왼새끼를 길게 너슷너슷 꼬아 그 구멍에 그 새끼 넣고 두 놈이 두 끝 마주 잡아 이리로 흘근 저리로 흘근 할 적에 그는 아무쪼록 견디려니와
아마도 임 떠나 살라 하면 그는 못 견딜까 하노라.

[사설시조]

가슴에 구멍을 내고 그 구멍에 새끼줄을 넣어 이리저리로 왔다갔다 왕복을 시킨다는 발상이야말로 엽기의 절정입니다. 학대의 최고치이며 고통의 최상급이지요. 게다가 그 새끼줄이 보통이 아닙니다. 보통의 새끼줄은 오른새끼입니다. 왼쪽 손바닥과 오른쪽 손바닥 사이에 짚을 넣어 비비면 자연스럽게 오른새끼가 만들어집니다. 왼새끼는 비비는 방향이 반대입니다. 자연스럽지 못한 동작의 결과로 만들어지기 때문에 왼새끼는 오른새끼보다 훨씬 더 거칠게 되지요.

그렇다면 왼새끼를 길게 너슷너슷(느슨하게) 꼬는 이유를 짐작할 만하겠습니다. 가급적 강한 자극을 주기 위함이고 되도록 더

심한 고통을 주기 위함이지요.

이런 거친 새끼줄을 만들고 그것으로 자기 몸을 학대해서 고통을 얻는 장면! 이런 장면을 묘사하는 이유도 충분히 짐작할 수 있겠습니다. 그 고통보다 더 심한 고통은 임과 떨어져 혼자 사는 고통이라는 것을 보여 주기 위함이지요. 몸의 고통을 강하게 표현하면 할수록 이와 비교되는 별리의 고통이 더 강하게 드러날 테니까 말이지요. 이 정도라면 과장도 최상급입니다. 바로 여기에 이 노래가 빚어 내는 웃음의 원천이 있습니다.

진위 여부가 논란거리이기는 하지만, 이 노래는 고려 말 이방원의 〈하여가〉에 대한 답가로 정몽주가 〈단심가〉를 부르자 변안렬이라는 사람이 정몽주를 응원하면서 불렀다는 기록이 있습니다(그래서 사설시조가 고려 말에 생성되었음을 말해 주는 역사적 증거로 활용되기도 하지요). 이름하여 〈불굴가(不屈歌)〉. 뜻을 굽힐 수 없음을 노래한 것이지요.

〈불굴가〉는 여러 가지 면에서 〈단심가〉와 닮아 있습니다. 그렇게 보면 이 노래는 비장미의 한 극점을 보여 준다고도 하겠지요. 그러나 이런 창작의 맥락을 제거하고 오직 노래 자체의 분위기에만 주목해 보면, 웃음이 비장감마저도 감싸 안고 있는 듯이 보이네요.

어이 못 오던가, 무슨 일로 못 오던가

너 오는 길에 무쇠로 성을 쌓고 성 안에 담 쌓고 담 안에 집을 짓고 집 안에 뒤주 놓고 뒤주 안에 궤를 놓고 그 안에 너를 필 자형(必字形)으로 결박하여 넣고 쌍배목(雙排目) 걸쇠에 금거북 자물쇠로 깊숙이 잠가 있더냐. 네 어이 그리 아니 오더냐

한 해도 열두 달이요, 한 달 서른 날에 날 와 볼 하루 없으랴.

[사설시조]

이 노래에서는 "나"와 "너"를 갈라놓는 벽들이 목록을 이루고 있습니다. 성 안에 담, 담 안에 집, 집 안에 뒤주, 뒤주 안에 궤, 이들이 모두 장애물입니다. 게다가 그 궤 안에 갇힌 "너"는 '반드시 필(必) 자'와 같은 형상으로 묶여 있고 그 궤는 다시 배목걸쇠와 자물쇠로 단단히 폐쇄되어 있으니, 이 노래 역시 엽기와 과장으로 일관된 묘사를 보여 줍니다.

이 노래는 임을 위해 일부러 핑계를 만들어 주는 섬세한 배려의 마음을 표현한 것으로 읽히기 쉽습니다. 그러나 그런 뜻의 노래는 아닙니다. 오히려 이 노래는 임을 다그치고 원망하는 노래입니다. 그 많고 많은 날들 중에 어이하여 단 하루도 나를 만나러 오지 못하느냐고 다그치고 있는 종장 구절을 보면 이를 분명히 알 수 있지요. 다시 말해 이 시의 화자는 네가 돌아오지 않는 것이 이런저런 외부의 객관적인 조건 때문이냐고 '질문'을

하는 게 아니라, 너는 어찌 그리 나에게 조그만 성의도 보이지 않느냐고 '책망'을 하고 있는 것이지요. 이런저런 장애물에 막힐 정도의 불가피한 사정이 없는 한, 너는 반드시 나에게 돌아왔어야 한다. 이것이 화자의 최종적인 의도라 할 수 있습니다. 이렇게 생각해 보면, 그 많고 많은 장애물 중에서 가장 큰 장애물은 궤 안에 숨어 있는 "너" 자체일지도 모를 일이네요. '반드시 필(必) 자'가 마음(心)이 끈으로 묶여 있는 형상이라는 점에 주목하면 더더욱 그렇습니다.

슬픔은 눈물보다 웃음으로

지금까지 감상한 몇 편의 노래들이 지닌 공통점은 상황과 정서의 모순을 지니고 있다는 것입니다. 즉 이별 혹은 기다림의 고통이라는 상황은 비극적인데, 그 정서를 드러내는 표현은 희화되어 있다는 것입니다. 우리는 이들 노래를 접하면서 화자의 고통에 감정이입이 되어 비극적 정조를 느끼기보다는 그 과장된 표현에 웃음을 머금게 됩니다. 이것이 바로 웃음의 치유 효과입니다.

이제 마지막으로 우리 판소리 〈춘향가〉의 한 대목을 보면서 이를 확인해 볼 수 있기를 바랍니다.

그 때에 이도령은 비룡 같은 노새 등에 뚜렷이 올라앉아 상 당한 사람 모양으로 훌쩍훌쩍 울며 나오는데, 동림숲을 당도하니 춘향의 울음소리가 귀에 언뜻 들리거늘,

"이애 방자야, 이 울음이 웬 울음소리냐?"

"도련님은 귀도 밝소, 웬 울음소리가 나요?"

"이 자식아, 사정없는 소리 말고 춘향이가 나와 우는지 어서 좀 가 보고 오너라."

방자 하릴없이 충충충충충 갔다 나오는데, 이놈이 도련님보다 더 섧게 울며 나오는데,

"어따! 우는디, 우는디."

"이 자식아, 누가 그렇게 운단 말이냐?"

"누가 그렇게 울겠소. 춘향이가 나와 우는디, 도련님 오시면 들이 들어간다고 땅을 한길은 넘게 파 놓고, 잔디를 어찌 쥐어뜯었던지 밥을 하면 세 끼니는 해 먹게 뜯어 놓고 우는디, 사람의 눈으로는 못 보겄습니다."

- 〈춘향가〉 [판소리]

춘향과 이도령이 이별하는 대목의 한 장면입니다. 이 말을 들은 이도령의 반응이 어떠했을까요? 심각한 자신의 처지를 이해하지 못하는 놈이라고 야단을 칠 수도 있겠고, 비애의 극치에 있던 심경을 잠깐이나마 누그러뜨렸을 수도 있겠지요. 그리고

소리를 듣는 우리는 또한 어떻게 반응해야 할까요?

웃음의 패러독스! 이에 대한 설명은 연암 박지원의 〈도강록〉이라는 글에서 이미 완성된 것으로 알고 있습니다. 중언부언하는 대신 연암의 글을 인용하면서 이 글을 마칠까 합니다.

사람이 다만 칠정(七情) 중에서 슬플 때에만 우는 줄로 알고, 칠정 모두가 울 수 있음을 모르는 모양이오. 기쁨이 사무치면 울게 되고, 노여움이 사무치면 울게 되고, 욕심이 사무치면 울게 되는 것이오. 불평과 억울함을 풀어 버림에는 소리보다 더 빠름이 없고, 울음이란 천지간에 우레와도 같은 것이오. 지정(至情)이 우러나오는 곳에는, 이것이 저절로 이치에 맞을진대 울음이 웃음과 무엇이 다르리요.

- 박지원, 〈도강록〉

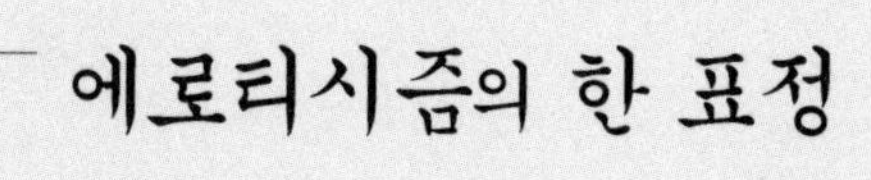

에로티시즘의 한 표정

퀴즈 하나.

가장 예각적인 감각의 촉수를 발동시키는 것, 그러면서도 가장 깊은 곳에 은폐시키도록 훈련받은 것은 무엇일까요?

정답은 성(sex).

성을 포함한 남녀 간 관능적 사랑의 이미지를 의식적으로 혹은 무의식적으로 암시하는 경향을 가리켜 에로티시즘(eroticism)이라 부릅니다. 널리 알려진 대로, 이 말은 그리스 신화에 사랑의 신으로 등장하는 에로스(Eros)에서 비롯되었습니다. 로마 신화에서는 큐피드(Cupid)라는 이름을 지니고 있지요.

서양에서나 동양에서나 예부터 성은 지속적이고 보편적인 관심의 대상이었습니다. 특히 문학과 미술에서는 성이 매우 주요한 관심거리였지요. 예술이냐 외설이냐 하는 논란과 더불어 말입니다.

우리 시문학사에서도 예외가 아닙니다. 저 옛날 가락국 시조 신화에 소개된 〈구지가〉라는 제의적인 노래가 사실은 여성이 남성을 노골적으로 유혹하면서 부르는 노래라는 해석도 있듯이,

에로티시즘의 역사는 인간의 역사와 나란히 출발한다고 보아도 무방하겠습니다.

에로티시즘은 평등하다

역사적으로도 그러하지만 신분의 차이에 따라 성에 대한 관심도가 달라지는 것이 아니라는 점도 분명해 보입니다. 양반의 문학에서도 평민들의 문학에서도 두루 나타나고 있음을 쉽게 확인할 수 있습니다.

먼저, 민요 한 대목을 보겠습니다.

바람은 손이 없어도
만수 장림을 뒤흔드는데
우리 임은 양 손목이 온전하지만
이내 전신을 어루만질 줄 왜 모른단 말가.

[민요]

무엇을 뜻하는지 굳이 설명이 필요 없을 줄 압니다. 이 노래는 사실 '에로틱 민요' 중에서 아주 점잖은 편에 속합니다. 남녀의 성기를 지칭하는 말이 노골적으로 구사되는 민요는 흔해 빠졌습니다. 영화로 만들면 검열에 걸려 몇 자의 필름이 끊겨 나갈 만한 농도로 성이 묘사되어 있지요.

이제 상층 양반들을 대상으로 연행되었다는 노래 한 대목을 보겠습니다.

얼음 위에 댓잎 자리 보아
임과 나와 얼어 죽을망정
정 둔 오늘밤 더디 새오시라.

- 〈만전춘별사〉 [고려가요]

흔히 고려가요 하면 '남녀상열지사(男女相悅之詞)' 를 떠올리는데, 이 대목도 그렇게 연상할 수 있는 한 단서가 되겠지요. 그런데 좀 비장한 느낌이 없지 않습니다. 죽음을 각오한 정사(情事)니까 결국 정사(情死)를 향해 치닫는 사랑입니다. 사랑에 장애가 생기면 모든 장애를 뛰어넘기를 바라게 되고, 그것이 안 되면 최종적으로 정사(情死)를 택할 수도 있습니다. 이 노래에서 묘사된 사랑이라면, 그 열기에 모든 얼음이 녹을지도 모를 일입니다.

그런데 우리 옛 노래 중에서 가장 집중적으로 성에 관한 관심을 노출한 장르는 사설시조입니다. 사설시조가 본격적으로 성행했던 조선조 후기의 사회적 분위기가 여기에 일조를 했을 테지요. 당대 남성이면서도 여성적인 감수성으로 문학적 성가를 높였던 이옥(李鈺)이라는 사람이 남긴 기록이 그때의 분위기를 전해 줍니다.

천지 만물을 보는 데에는 사람을 보는 것만큼 중요한 것이 없으며, 사람을 보는 데에는 정(情)을 보는 것만큼 오묘한 것이 없고, 정을 보는 데에는 남녀의 정을 보는 것만큼 진실한 것이 없다.

남녀의 정을 보면 사람의 정을 볼 수 있고, 사람의 정을 보면 사람의 삶을 볼 수 있다고 합니다. 사람의 삶을 볼 수 있으면 천지 만물을 볼 수 있다고 합니다. 그러므로 남녀의 정을 보면 천지 만물을 다 알아볼 수 있다는 것이 핵심입니다. 한마디로 남녀의 정은 천지 만물의 씨앗을 담고 있다고 보았던 것이지요.

여기에 또 아주 수다스러운 장광설로 사설을 엮어 내는 수사적 특성이 성의 디테일을 그려 내는 데 아주 적절했겠지요. 세부적인 사항들을 일일이 열거하면서 리듬감도 살리고 이미지의 구체화도 도모하는 수사가 두드러진 장르, 그것이 사설시조였습니다.

간밤에 자고 간 그놈 아마도 못 잊으리

기와 굽는 놈 아들인지 진흙에 뛰놀듯이 두더쥐 아들인지 곳곳에 뒤지듯이 사공놈의 아들인지 사앗대로 지르듯이 평생에 처음이요, 가슴도 야룻해라

전후에 나도 무던히 겪었으되, 참 맹서하지. 간밤 그놈은 차마 못 잊어 하노라.

[사설시조]

이 노래는 간밤에 몰래 정을 통한 남자를 잊지 못한 화자가 지나간 시간의 성적 쾌락을 회고하는 어조를 띠고 있습니다. 윤리적으로 정당하지 않은 일을 소개한다는 것부터가 예사롭지 않은 유희적 맥락을 짐작하게 해 줍니다. 더욱이 그 일을 부끄러워하기보다는 오히려 자랑스러워하는 듯한 태도에서 재미는 한층 고조되네요. 작위적이라 할 만큼 과장된 표현과 다양한 비유가 두드러집니다.

자극 없는 에로티시즘의 자극성

그러나 이 노래의 사설이 우리에게 육체적으로 자극을 가하지는 않는 듯합니다. 그저 웃음을 자아낼 뿐, 야하다는 느낌을

전해 주지는 않는다는 것이지요. 모든 에로티시즘이 자극적인 것은 아닐 터. 이 노래의 매력은 바로 자극 없는 에로티시즘이라 할 수 있습니다.

다음 작품의 경우도 마찬가지입니다. 두 화자 사이에 오가는 대화가 엽기적이기조차 합니다.

새아씨 시집간 날 밤에 질방고리 대여섯을 깨뜨려 버리니 시어머니 이를 물어 달라 하는고야

며느리 대답하되, 시어미 아들놈이 우리 집 전라 경상도에서 회령 종성까지를 못쓰게 뚫어 망가뜨렸으니

그로 비겨 보아도 피장파장일까 하노라.

[사설시조]

"질방고리"는 흙으로 빚어 만든 질그릇입니다. 살림에 익숙하지 못한 색시로서는 깨뜨리기 쉬운 세간이지요. "전라 경상도에서 회령 종성까지를 못쓰게 뚫어 망가뜨렸"다는 말의 뜻은 확연하지는 않습니다. 다만 회령과 종성이 함경도에 있는 지역이므로, 한반도를 통째로 꿰뚫었다는 뜻으로 해석할 수 있겠습니다. 이러한 해석이 허용된다면, 아마도 처녀성을 잃게 만들었다거나 여성의 성기를 다치게 했다는 뜻이 아닐까 추정해 봅니다.

그렇다면 이제 막 시집온 색시에게 "질방고리"를 보상해 달라

고 요구하는 시어머니나, 이에 대해 자신의 처녀성 상실을 근거로 물어 줄 수 없다고 대꾸하는 며느리 모두 현실적으로 바람직한 인간형은 아니라고 볼 수 있겠지요. 고부간의 싸움이란 것이 정황상으로는 심각할 수밖에 없는 분위기인데, 여기에 대응하는 며느리의 어조는 매우 희극적입니다. 그 희극성은 첫날밤을 지내면서 처녀성을 잃었음을 비유한 구절 때문에 증폭됩니다.

그런데 이러한 유희적 분위기는 시의 본질이기도 합니다. 오히려 시는 본질상 진지성과는 거리가 멀다고 할 수 있습니다. 시는 진지함 너머에, 즉 어린이, 동물, 미개인, 예언자가 속하는 보다 원시적이고 원초적인 수준, 가령 꿈, 매혹, 엑스터시, 웃음의 영역에 존재하기 때문이지요.

이런 점에서 시인의 언어는 놀이의 언어입니다. 문학 행위는 세상을 낯설게 보는 행위이고, 비일상적인 것을 추구하는 행위이고, 시인은 세계에 대한 관성화된 인식 체계에 반기를 들고 거기에 새로운 이름을 부여해 주는 사람입니다. 인간에게 가장 예각적인 감각인 에로티시즘은 그러한 지향의 한 극단이라 볼 수 있겠지요.

여기에서 에로티시즘에서 비유 혹은 은유가 빈번하게 등장하는 이유를 짐작할 수 있게 됩니다. 비유는 대상의 전체를 직접적으로 전달하지 않고 대상의 일부를 은폐시킵니다. 그래서 독자 혹은 청자는 더 예민한 지적 감각을 동원해야 하고, 그 결과로 은폐된 의미를 읽어 내면 거기에서 얻는 깨달음 때문에 더 큰 즐거움을 누리게 됩니다.

각씨네 되올벼 논이 물도 많고 걸다 하되
병작을 주려 하거든 연장 좋은 내게 주소
진실로 주기만 한다면 가래 들고 씨 지어 볼까 하노라.

[사설시조]

댁들에 나무들 사오. 저 장사야 네 나무 값이 얼마라 외치느냐
싸리나무는 한 말 치고 검불나무는 닷 되를 쳐서 합하여 세면 한 말 닷 되 받습네
한 번만 삿 다혀 보면 매양 삿 다히자 하리라.

[사설시조]

앞 노래는 "논"과 "가래"를 남녀의 성기에, "병작"을 성행위에, "씨"를 자식에 각각 비유하여 구애를 하고 있는 노래입니다. 뒤의 노래는 나무 매매 행위를 성적 교합 행위에 비유하고 있습니다. "삿 다혀"가 (나무를) '사 때어' 와 (서로) '살 대어' 라는 두 가지 의미로 동시에 해석할 수 있기 때문에, 비유의 긴장은 한층 더 높아집니다.

숨길수록 드러나는 매력

이처럼 사설시조의 에로티시즘은 성행위를 명시적이고 직접적으로 제시하지 않습니다. 암시적이고 우회적으로 표현하는 경향이 강합니다. 그리고 어조에서 알 수 있는 태도 또한 매우 해학적이고 유희적인 경향에 기울어져 있습니다. 사설시조의 전반적인 경향으로 지적되고는 하는 '정감의 자유로운 발산'을 이들 노래에서 여실히 확인할 수 있습니다.

에로티시즘에서 직접적이며 노골적인 표현을 피하고 완곡하고 간접적이며 암시적인 표현을 택하는 것은 어쩌면 필연적이라 할 수 있겠습니다. 그것은 교묘한 은유로서 유머러스하게 엮어진 것이 흥미를 돋우고 미적 쾌감을 유발하는 데 더 효율적이기 때문이지요.

에로스는 일상적인 현실 공간에서 억압되는 것이 일반적입니다. 그것은 상상의 공간에서만 구성 가능한 상상적 경험일 수 있습니다. 사설시조의 에로티시즘은 현실원칙에 의해 억압받는 욕망이 상상의 공간에서 최대한으로 활성화되었던 양상을 보여주고 있을 따름입니다.

인간이 세계에 대해서 가지는 태도를 가르는 방법 중에는 '진지한 태도'와 '놀이적 태도'로 양분하는 방법이 있습니다.

여기에서 유의할 것은 놀이적 태도가 진지성에서 실패한 결과가 아니라는 점, 인간이 적극적으로 추구하는 중요한 지향점 중의 하나로 보아야 한다는 것입니다. 그리고 에로티시즘은 놀이적 태도가 가장 잘 어울리는 것이 아닐까 합니다. 그래서 에로티시즘은 인간의 역사와 더불어 시작되어 오늘날에 이르렀고, 신분과 지위의 고하와 성의 차이를 불문하고 모두에게 예각적인 관심사가 된 것이 아닐까 합니다.

물론 에로티시즘과 결합한 유희적 태도의 극단에는 문학이 적극적으로 경계해야 할 요소가 도사리고 있다는 점도 기억해야겠습니다. 유희적 태도가 극단화되고 활성화될 경우, 그것은 기괴성을 낳게 되거나 퇴폐의 늪에 빠지게 될 것임을 문학사는 말해 주고 있기 때문입니다.

판소리 〈변강쇠가〉가 창을 잃어버린 것은 '기물 타령'에서 극단화된 엽기적 기괴미를 추구했기 때문이고, 사설시조가 역사의 뒤편으로 사라진 것은 취락과 유흥에 과도하게 탐닉했기 때문이라는 점이 구체적인 증거입니다.

이제 마지막으로 우리 시대의 시인이 만들어 낸 풍경화 한 편을 소개하면서 끝을 맺을까 합니다. 절대로 에로스의 경계 안에 갇히는 작품은 아니지만, 야단스럽지 않고, 뜨겁지 않고, 격정적이지 않은 에로스의 한 절창으로 여겨지는 노래입니다.

늦겨울 눈 오는 날

날은 푸근하고 눈은 부드러워

새살인 듯 덮인 숲 속으로

남녀 발자국 한 쌍이 올라가더니

골짜기에 온통 입김을 풀어놓으며

밤나무에 기대서 그짓을 하는 바람에

예년보다 빨리 온 올봄 그 밤나무는

여러 날 피울 꽃을 얼떨결에

한나절에 다 피워놓고 서 있었습니다.

- 정현종, 〈좋은 풍경〉(《한 꽃송이》, 문학과지성사)

사랑 노래 가로지르기

한 사람과 다른 사람이 만나 사랑을 시작하고 이별로 사랑이 마무리되는 과정을 한 편의 드라마라 한다면, 거기에는 필히 누구나 겪을 법한 사건들과 모티프가 있고, 누구나 경험할 만한 감정의 동선들이 있습니다. 책을 마무리하면서 이제 열 몇 개의 꼭지로 나누어 감상해 보았던 노래들을 사랑의 시작에서 종말에 이르는 서사적 드라마로 정리해 보려 합니다.

두 사람이 만납니다. 우연이든 필연이든 두 사람이 만나게 되면, 탐색의 시간이 필요하겠지요. 그래서 말을 주고받습니다. 수작을 하는 것이지요. 정을 나눌 만하다 싶으면 사랑을 시작하겠지요. 만남은 수시로 이루어지겠지요. 당연히 헤어지는 순간도 수시로 있을 테지요. 아주 짧은 이별도 있는가 하면, 만날 기약이 없는 이별도 있을 테고, 아예 재회 가능성이 없는 이별도 있겠지요. 어떤 이별이든 다시 만날 때까지는 고통입니다.

사랑이 지속되는 동안 사랑의 황홀은 헛된 망상에 빠져 들게 만들기도 합니다. 그럴 리는 없겠지만, 혹시 이 사랑이 깨어지면……, 하고 말이지요. 이는 우리 사랑 영원히 영원히 지속되기를 바라는 마음과 동전의 양면을 이룹니다. 그래서 불가능의 패러독스와 상상의 아이러니가 발동되기도 합니다. 그러나 사랑이란 평화와 화목만은 아니어서, 다투기도 하고 싸우기도 하면서 게임을 벌입니다. 그러다가 다시 화해하고 육체적 결합으로 사랑을 확인하기도 하겠지요.

다시 만날 기약을 할 때에는 정표를 교환하기도 하지요. 거울이든 반지든 혹은 버드나무 가지이든 또는 그 밖의 무엇이든……. 그러나 헤어진 시간이 오래되면 그리움은 간절해집니다. 내 소식을 전하고도 싶고 임의 소식을 듣고도 싶어지겠지요. 새가 되어 날아갈까, 달빛이 되어 임 계신 곳을 비출까, 꿈속에서라도 만나 볼 수 없을까, 온갖 생각이 일어납니다. 그러나 불망은 불면을 부릅니다. 꿈조차 꿀 수 없게 하는 그리움. 꽃이 피어나면 그 조화와 충만감 때문에 서글퍼지고, 새가 울면 함께 울고 싶어집니다. 낮이라면 이렇게 저렇게 지낼 수 있지만, 밤에 우는 새는 정말이지 울화를 건드립니다. 사랑이 지속될지 어떨지를 모르는 경우에는 더더욱 그렇겠지요.

사랑이 무엇이기에, 이다지도 간장을 녹이는지? 임의 사랑은 하늘보다 넓어서 측량할 수 없습니다. 아니, 어떻게 생겨 먹었는지 도저히 알 수도 없지요. 임이 오지 않으면 핑계를 억지로라도 만들어 스스로 위안도 해 봅니다. 사랑은 멀리 있을수록 더 아름다워 보이는 법입니다. 더 아름다우므로 더 그리워지는 것이지요. 사랑은 옛날 필름에 담긴 채 돌아갑니다.

사랑이 무엇인지, 아무리 읽어 봐도 시인은 답을 가르쳐 주지 않는군요. 오히려 시인은 사랑이 무엇인지 묻기만 할 따름입니다. 하긴 그게 그렇게 쉽게 대답할 수 있는 질문이었다면, 그렇게 많은 사랑 노래가 있을 리도 없었을 테지요. 사랑이 무엇인지 알 수 있었다면, 인생이 무엇인지도 쉽게 알 수 있었을 것입니다. 그래도 사랑은 돌아갑니다. 옛날 필름에 담긴 채로 말입니다.